赤川ミカミ
Mikami Akagawa
illust: 黄ばんだごはん
第七王子、政略結婚しまくってたらハーレムできました！
KiNG novels

森を護る聖女
ロリエ

ケモミミ巨乳少女
シャフラン
帝国のお姫様
ノーチェ

「クレインさま、んっ……」

ロリエが小さく腰を振り、俺を見ろしている。

「こっちも、れろぉっ……」

「ん、ふぅっ……♡」

そして左右からは、シャフランとノーチェが
俺に抱きつき、その柔らかな胸を
押しつけながら、口づけをしてくる。

「あむっ、ちゅっ……♡」

「れろっ……んっ……」

第七王子、政略結婚しまくってたらハーレムできました!

赤川ミカミ
illust:黄ばんだごはん

KiNG novels

第七王子、政略結婚しまくってたらハーレムできました！

contents

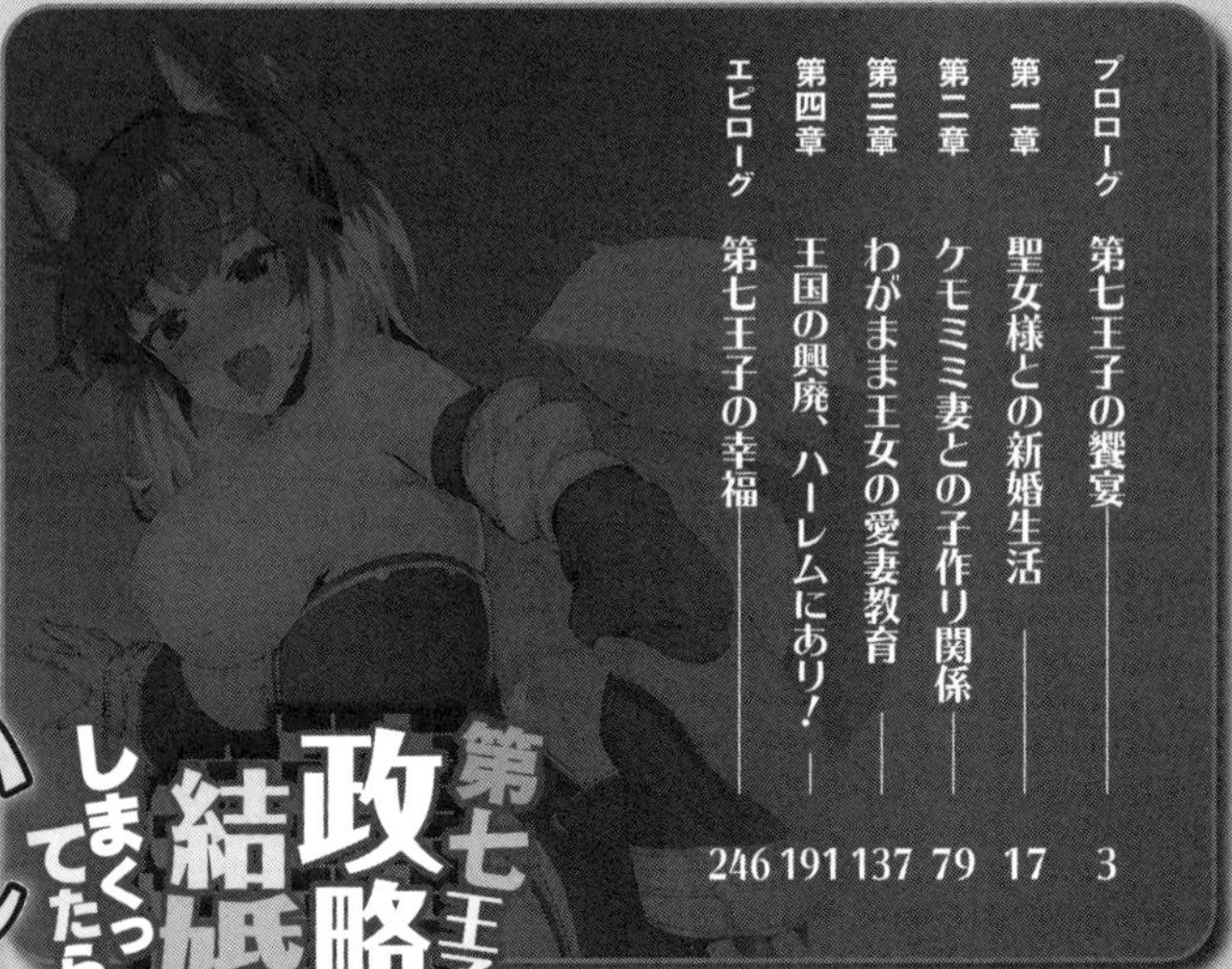

プロローグ　第七王子の饗宴

ナジュース王国、第七王子。

それが俺の肩書きだ。王族ではあるが、知に優れ、武に秀でている……なんてことはない。

自分のことはよく分かる。

周りがいくらお世辞を口にしても、その程度のことは自覚している。

王位継承順位も高いわけでなく、上にいる兄たちを押しのけてまで権力を欲したりもしていない。

将来はきっと、家格が釣り合う、王家にとって利のある相手と政略結婚をするだろう。

望むなら、のんべんだらりと過ごしたい。そんなことを考えていた。

だから――これは俺にとって、まったく想像外の結果なのだった。


「あ……んあっ♥　はあ、はあ……相変わらず、雑魚チンポですわね。この程度のものでは、私を満足させることなんて――」

俺の上に跨《また》がった状態で強気なことを口にしているのは、妻のひとりであり、帝国からやってきた王女のノーチェだ。

彼女はプライドが高く、俺や他の妻たちを見下すような言動を取ることが多かった。

けれども今はそれも愛らしく、形だけのものだ。

「だったら、ノーチェはその雑魚チンポにならいくらこんなふうに責められても、感じたりしないよな？」

揶揄するように言うと、華奢な彼女の体を下から突き上げる。

「んくうっ!?　あっ♥　んあっ、いきなり、そんなに激しく……。やめっ、やめなさ……んあああっ♥」

もう何度も繋がったというのに、まだまだ狭くキツ膣内を、強引に押し広げるようにしてノーチェを責めたてる。

「雑魚チンポにいいようにされるのは、どんな気分だ？」

「こ、こんなことくらいで、私のことを負かせたなんて思わないでほしいですわっ。んんっ」

強気だったり、小馬鹿にしているような口調も、ノーチェの本心ではない。

「それならば、ノーチェが自分から認めるまで奥を突いてやろう」

「たとえっ、あん……何をされてもっ……くふっ、私が自ら……あっ、ああっ、敗北を、認めるわけありまえんわ……んああっ♥」

喘ぎ声が艶を帯び、吐息が熱を含む。

顔は蕩け、自ら腰を使っている。すでに敗北を認めているようなものだが、それでも抵抗を続けているのがノーチェらしい。

「ノーチェ様、意地を張ったところで、またクレインに負けちゃうだけじゃないかな？」

「んっ、んっ、ああああっ♥　んっ、そんなこと、ありませんわ……今日は、ぜったいに負けたりしませんん……ふあああっ♥」

パチュっ、ちゅぐっ、ちゅぶっ。

腰を動かすたびに、響く淫音がますます大きくなっていく。

そんな彼女の姿にあてられたのか、獣人族の娘であるシャフランが、甘えるように体を擦りつけてくると、耳元でたまらなそうに囁いた。

「クレイン殿……。ノーチェの相手ばかりしてないで、ボクともしてもらえないだろうか？」

彼女がこんなふうになるのは、普段の武人らしい凛々しい姿しかしらない人間には、想像もできないだろう。

「ああ、悪かった。シャフランのことを、蔑《ないがし》ろにしていたわけじゃないんだ」

彼女の腰に腕を回し、ふわふわとした尻尾を撫でる。

指の間を流れていくかのような、さらりとした毛の感触を楽しんでから、根元の辺りを軽く指で押す。

「んんんっ♥」

「シャフランは、ここをグリグリされるのが好きだよな？」

「はあ、はあ……うん……クレイン殿に、そこをイジメられると……あっ♥　んああっ♥」

俺の足に自分の足を絡め、腰を押しつけてくる。

「尻尾も、いいけど……そこだけじゃなくて……もっと、他も……」

「ああ、わかってる」

尻尾を撫でていた手で尻をひと揉みし、後ろから足の間に手を差し入れると、股間――その淫靡な割れ目を指で軽く擦る。

「う、うくっ！　ん……あ……」

秘裂に触れる指を一本から二本に増やし、充血してぷっくり膨れている陰唇を左右に広げる。

露《あらわ》になった膣口を、タンッタンッと、リズムをつけて軽く叩く。

「んっ、んっ、ふぁっ、あ、は……クレイン……んっ」

もとより湿り気を帯びていたそこは、たちまち潤い、愛液がトロトロと滲みだしてくる。

叩くだけでなく、くるくると膣口の周りを撫でると、シャフランは尻尾を忙《せわ》しなく左右に揺らし、腰をビクビクと小刻みに跳ねさせる。

そうしていると、ノーチェとシャフランのふたりに続き、今度はロリエが空いていた俺の隣に身を寄せてくる。

「クレインさま……わたしも、よろしいでしょうか？」

「ああ、もちろんだよ」

ロリエは、俺の胸板に顔を寄せ、上目遣いに見つめてくる。

三人の妻の中で、もっとも豊かな双丘が腕に押しつけられ、心地の良い弾力と共に、ふにゅりと柔らかく形を変える。

俺の最初の妻であり、王国の聖女でもあるロリエ。もう何度も体を重ねた関係だというのに、今も緊張しているのか、とくとくと早鐘のようになっている鼓動が伝わってくる。

「鼓動が速いな。三人でするのにも、慣れたと思っていたのだが……」

「違います」

むうっと頬を膨らませ、ロリエは拗ねたように唇を尖らせる。

「愛している方に抱き締められれば、ドキドキするのは当然です」

初々しくも可愛らしいことを言われて、俺の鼓動も跳ね、速まる。

「ふふっ、クレインさまも、わたしと同じくらいドキドキしてますよ？」

俺の胸に手を這わせながら、ロリエがいたずらっぽく笑う。

「はあ……ロリエとだけ、いい雰囲気になってない？　んっ、今は、この雑魚チンポは、私のおまんこに入っているの、わかっているわよね？」

ゆっくりと腰を使っていたノーチェは、少し不機嫌な顔で俺を見下ろしてくる。

「わかっているよ。でも、一緒にするときはできるだけ平等に、だろ？」

そう告げてロリエと唇を重ねる。

「ん、ちゅ……クレインさまぁ……んふっ、ちゅ……」

ロリエとキスを交わしながら、ノーチェの体がバウンドするくらいに大きく、激しく腰を使う。

「あ、あっ♥　こ、これくらいで平等だなんて思っていますの？　あ、は……話をしているときに、動くなぁ……んんっ♥」

「クレイン殿、ボクにも……」

切なそうに言うシャフランの股間へ触れる。陰唇を押し広げながら指を膣に押し込むと、ぬちゅりと音を立てて簡単に呑み込まれた。そこはうねりながら、俺の指を締めつけてくる。

「んおおぉっ、ふあ……！」

濡れた粘膜をかき分けるようにして膣内を愛撫するたびに、シャフランの尻尾の動きが激しくなっていく。

そうしてシャフランを愛撫しながら、腰を浮かせるようにして、ノーチェの膣奥も叩くように突き続けた。

「あ、はっ♥　んあぁぁあっ、ぐりぐりって、奥、だめ……そこは、だめですわ……あぁっ♥」

高まる快感で、ノーチェは文句を言う余裕もなくなったようだ。喘ぎながら体をくねらせている。

こんなふうに、本当の意味で三人同時に相手をするのは、最初のうちだけなことが多い。

まずは一度、お互いに達するまでしたら、あとは妻たちが話し合って決めた順番に従い、ひとりずつ相手をすることになる。もっとも、そのときの流れ次第では、ひとりが休んでいる間にふたりの相手をすることも珍しくないが。

「はむっ、ちゅむ、ちゅ……ん、クレインさま……わたしのおっぱいも、可愛がってください……」

キスの合間に、ロリエがねだるようにさらに胸を押しつけてくる。

充血してぷっくりと膨らんでいる乳輪をくるくると撫で、硬くなっている乳首を指で挟んで、上下に扱く。

「あ、は……ふぁあっ、ん♥　気持ち、いいです……んんんっ」

胸を愛撫されながら、ロリエは俺の頬や鎖骨にくり返しキスをしてくる。

ロリエに合わせるようにして、反対側からはシャフランが同じようにキスをしてくる。

左右から挟まれ、大きな乳房を擦りつけられて、キスをされるのはたまらない。

「クレイン殿、んっ……れろっ、れろっ、れるっ」

「クレインさまぁ……ん、んっ、れろっ、ぴちゅ……」

シャフランとロリエのふたりの香りを感じながら、俺はさらに昂ぶっていく。

「ん、ふぅっ……♥」

ノーチェが尻を大きく一振りすると、ぞくぞくと全身を震わせた。

「王国の雑魚チンポで、私に勝つのでしょう？　ほら、もっとがんばりなさい」

言葉こそ強気だが、淫らにねだるような目で俺を見ろしている。

「みんなで、一緒に……」

「うん。さあ、ノーチェも……」

「わ、わかってますわ」

シャフランに促され、ノーチェが体を前傾させると、唇を寄せてくる。

ノーチェとキスを交わす俺の頬に、ロリエとシャフランもキスを重ねた。

「ん、ちゅっ、んむ、ちゅ♥　んふぁ、はあ、はむ、ちゅ……」

三方からの甘い刺激に、心も体も自然と反応する。

「ん、ふぁ……!? い、いきなり、大きくするだなんて……」

「三人にこんなふうにされれば、そうなるのも当然だろう？」

「そ、そう……たしかに、私たちがここまでしてるのだから、そうなるのもしかたがありませんわね」

まんざらでもないのだろう。口元が緩んでいる。

「クレインは、雑魚チンポじゃないって、わからせてくれるのでしょう？ ん、ちゅ、ちゅっ」

ノーチェと舌を絡ませ合いながら、腰を揺する。肉竿がおまんこを出入りするたびに膣襞が絡みつき、擦れ合う。

三人いっしょに、高まっていった。

「あむっ、クレインさま、おっぱいも、ですけれど……他のことも、してほしいです……ちゅっ♥」

「はあ、はあ……ボクは、このまま……んんっ！ いいよ、クレイン、気持ちいい……」

悦びに息を弾ませるロリエと、腰を震わせながら喘ぐシャフラン。

舌を伸ばしてきたシャフランは、頬や首筋、鎖骨などを熱心に舐め回す。

獣人であるシャフランの行為に引きずられるように、ロリエもペロペロと一生懸命に俺の体を舐めてくる。

熱く濡れた舌が肌の上を這うたびに、くすぐったいような、ゾクゾクするような快感が走る。

ふたりの献身的な奉仕に身を任せながらも、おかえしとばかりに手を動かした。

ロリエの乳房を揉み、乳首を摘まんで刺激する。

シャフランには、膣に入れていた指で敏感な突起もにゅるにゅると擦りあげた。

「ふぁああっ♥」

「んっ、そこは、感じすぎるから……クレイン殿、そんなに激しくされると……うあっ♥」

ロリエはうっとりと目を細め、シャフランはその表情から余裕がなくなってきた。

「クレイン、私のことを忘れているわけではありませんわよねっ⁉」

文句を言いながらも、よりいっそう激しく尻を上下させる。

狭く余裕のない膣が、締まってさらにキツくなる。

「んっ、ふぁああっ♥　あ、あっ、いつもより、大き……あああっ！」

痛みさえ感じるほどの刺激を受けているのは、俺だけでなくノーチェも同じなのだろう。

「はあ、はあ……雑魚チンポの分際で、私のこと、こんなに……んんんっ」

最初の頃ならともかく、今の彼女の罵倒じみた言葉も、態度も、ただのポーズだ。

それがわかっているからこそ、ノーチェがどこまで意地を張れるのか、確かめてみたいなどと考えてしまう。

ノーチェが最も感じるのは、膣奥——子宮口だ。そこに亀頭を押しつけたまま、腰を回すようにすると、たちまち蕩けるのはわかっている。

だから、あえてそこに触れないように、中途半端な深さまでしか入れずに出し入れをくり返す。

「はあ、はあ……んあっ♥　あ、は…………んんっ、ど、どうして……どうしてなんですの……？」

「どうしって、何がだ？」

「で、ですから、どうして、私の――」

ノーチェは言葉の途中で、ぎゅっと唇を引き結んだ。

「何もないなら、このまま続けるぞ？」

ヘソ裏の辺り、ここもノーチェが弱い場所だ。奥まで入れないだけでなく、ざらついているそこへの刺激をできるだけ避けるようにして腰を使う。

「ふっ、んふっ、はっ、はっ、あ……んっ、わかって、やっていますわね？　クレイン、許しませんわ……んっ」

「そんなことを言われてもよくわからないな。ノーチェ、ちゃんと話してもらえないか？」

目尻に涙を浮かべ、恨みがましい目を向けてくる。

「あ、あの、クレインさま。ノーチェ様は――」

「ロリエ、気遣いは無用ですわ」

「は、はい」

「もう……せっかく楽しくて気持ちいいことしてるんだから、つまらない意地を張らなければいいのに」

「意地なんて張ってませんわ！」

シャフランの忠告も無駄なようだ。

「ノーチェは今のままでも十分みたいだし、ふたりともっと楽しもうか」

ロリエとシャフランは、俺に抱きついている腕に力を込める。

ふたりを追い込むように、同時に膣に指を挿入し、交互に出し入れするようにして刺激する。

たちまち、両側から淫音が響き、ロリエとシャフランの匂いが濃くなっていった。

手の平まで濡らすほどの愛液を、ふたりの敏感な突起に塗り広げるように指を擦りつける。

「あっ、あっ、クレインさま……そこ、クリクリって……あっ、いっ、いきますっ、んんんっ」

「ボクも、イキそ……あっ、もっと、激しく、ぐちゅぐちゅって、かきまぜて……！」

腰を震わせ、切羽詰まった喘ぎ声をあげる。

ふたりの望みを叶えるように、ロリエにはさらにクリトリスを摘まみ、擦り、扱く。

シャフランには指を三本にして挿入し、膣内をかきまぜるように出し入れをくり返す。

「あーっ、あっ♥　クレイン、さまぁ……！」

「うっ、うくっ、ふああッ♥　クレインどの……もう……！」

ふたりがガクガクと体を痙攣させる。

「はあ、はあ……んっ♥　んっ♥　ま、まって……私は、まだ……あと、少しなの……少しなのにい……！」

ノーチェも昂ぶってはいるが、ふたりほどは感じていない。

先ほどから、俺がポイントを外して焦らし続けていたからだろう。

「んっ、んっ♥　だめ、だめですわ……このままだと、私……イケませんの……あ、ああっ、こんなことするなんて……」

ふたりの後を追うように昂ぶってはいるが、それでも絶頂はまだ遠いようだ。

……しかたのないやつだ。イキたいと言えば、すぐにでも同じように愛するのに。

けれど、そんなところも可愛らしいと思うのだから、ノーチェは今のままでいいのかもしれない。

「なあ、ノーチェ、ひとりだけイケないなんて、ふたりほど俺を愛していないのか？　王女として、妻としての役割もこなせないのか？」

あえて彼女に嘲《あざけ》るような言葉を投げかける。

その瞬間、きゅううっと膣が締まり、ノーチェの全身が波打つように震えた。

「ち、ちがっ、このチンポ、クレインの雑魚チンポがわるいのっ！　これのせいで……あ、んああっ!?　あ、ひゃやぁっ」

今まで避けていた場所——ヘソ裏を擦り、そのまま膣奥を叩く。

たったそれでけで、ノーチェはゾクゾクと体を震わせる。

頭を振りたくり、淫らに腰を踊らせ、一気に絶頂へと向かっていく。

「どうしたんだ？　誇りある帝国王女であるノーチェは、王国の雑魚チンポなんかで簡単にイったりしないよな？」

「あ、あっ、ううう……だめ、ですのっ。雑魚チンポで、い、いくっ、クレインのチンポ……気持ち良くて、たまりませんのっ。いく、もう、いくうぅうっ!!」

「クレインさま……わたしも、イキます……あ、いくっ、いくぅっ」

「はっ、はっ、い、いいよ……クレイン殿……ボクも、みんなと一緒に……一緒にぃ……！」

「ああ、俺も……出すぞ、ノーチェ!!」

ずんっと、彼女の体が浮き上がるほど強く、深く、突き上げた。そして――。

びゅぐううううっ!!

吹き上がっていく精液が、ノーチェのおまんこを満たす。

「ひぐっ!? あ、はあああああああああああああああ♥」

ノーチェが背中を弓なりにしてのけぞり、絶頂の悲鳴を上げる。

「ふあああああああああっ！」

「う、くうううううううううっ!!」

ノーチェが達するのを待っていたかのように、ロリエとシャフランも続けて達した。

「あ、は……………ちゃんと、イった……私、さいしょに……イけましたわ………」

「はあ、はあ……ん、クレインさまは、わたしたちみんなを、愛してくれていますから……」

「ふう……そうだね……ひとりでするのもいいけど、三人一緒なのも、楽しいな」

快感の余韻に浸りながら、妻たちは満足げな笑みを浮かべ、楽しげに話をしている。

第七王子――そんな微妙な立場でしかなかった俺が、こんなふうに美しい妻たちに囲まれ、幸せな日々を送ることになるとは思わなかった。

「クレインさま、どうなさったんですか？」

ロリエが豊かな胸を俺に押しつけ、頬や鎖骨、胸板にキスをしながら尋ねてくる。

「ボクたちとこんなことしてるのに、まさか他の誰かのことを考えていたりしないだろうな？」

ロリエとは反対側、俺の胸を撫で擦っていたシャフランが、いたずらっぽい眼差しを向けてくる。

「はあ、はあ……私たち以外ですって……？　また、結婚相手を増やしたりしませんわよね？」

ノーチェが軽く睨みつけてくる。

「違う違う、そんなことじゃない。これ以上、妻も増えたりしない……はずだ」

王と王太子の意向次第だが、さすがにこれ以上はないだろう。

……………ないよな？

「では、どこか上の空だったのは、どうしてなのか教えていただけますわね？」

「第七王子だった俺が、こんなに可愛い妻たちに囲まれて暮らすことになるなんて、想像もしていなかったなと、昔を振り返っていたんだよ」

「何を今さら、そのようなことを……」

「そんなの、ボクたちだって同じように思っているよ」

「はい、こうして四人で幸せに暮らすなんて、聖女をしている頃には、考えもしませんでしたから」

三人の妻たちも、俺と同じように感じているのかもしれない。

それも当然か。


彼女たちも、そして俺も――。

それぞれが背負うもののために、政略結婚を受け入れた関係なのだから。

第一章　聖女様との新婚生活

ナジュース王国――ツルフ大陸の東西を繋ぐ交易路の中心地として発展してきた要衝だ。

国力の規模としては、周りを取り囲む三大国である「神王国」、「帝国」、「獣人連合」に続く四番目であり、国土自体もその三国の半分程度しかない。

しかし、高い経済力を誇っているので、無視できない程度の力は持っている。

ナジュース王家は善政を敷き、評判もよい。

王太子である長男と、その補佐をする次男の評価も高かった。

これならば、次代も安心だと言われている。

三男、四男ともに留学を経て、国内の高位貴族へ婿入りしており、貴族同士の繋がりを得るためにも積極的に動いている。

そんな兄たちに負けじと五男、六男も努力をしているが、さすがに継承順位のこともあって、活躍の場は狭いようだ。

そして、俺はそのさらに下――第七王子なのだった。

しかも姉たちを入れれば、現王の十二番目の子供だ。

公務もほとんどなく、かなり自由に過ごすことを許されているということからも、大したことのない立場だというのがわかるだろう。

当然のように国政に関わることもなく、重職に就くこともない。

そうなると俺の役割は、王国のためになる血縁を得ること——平たく言えば、政略結婚の駒だ。

それは物心ついたときから言われてきたことだし、自分の立場も理解しているので不満はない。

何しろ、そのおかげで俺は生活に困るようなこともなく、冷遇されることもなく、比較的自由にのんびりと過ごすことができてきたからだ。

「うーん……今日も良い天気だな……」

離宮——（と言えば聞こえは良いが、第七王子程度に相応しい中級貴族並みの館だ）——の庭で、のんびりとひなたぼっこをするのが、最近の俺の楽しみだった。

王族として最低限の知識とマナーを身につけてさえいれば、周りだってうるさく言ってくることはない。

五男や六男は、まだ出世への希望を抱いているようだが、権力なんてものは、持てば持つだけ面倒が増えるだけだというのが、わからないんだろうか……。うん、わからないんだろうな。

「クレイン様」

「……どうした？」

このまま軽く昼寝でもするか。そう思っていたら、俺付きの執事が声をかけてきた。

「陛下がお呼びです」

「父さま……陛下が俺を？　なんだろ……」

多少は汚れているが、これくらいなら大丈夫だろう。俺は体についた草や泥を払うと、執事とふたりで謁見の間へと向かった。


「よく来たな、クレイン」

「はっ」

俺は深々と頭を下げ、臣下の礼を取る。

周りには高位貴族たちがいる。血統こそ俺のほうが上だろうが、政治力は比べものにならない妖怪や狸たちの巣窟だ。

つまらない揚げ足を取られると面倒だし、居心地の悪いところからは、とっとと退散したいものだった。

「クレインよ、お前の妻が決まった。すみやかに、結婚の準備を進めるように」

やれやれ、ついに、このときが来てしまったようだ。

「……謹んで、お受けいたします」

「潔《いさぎよ》いのは良いことだが……相手ぐらいは気にならないのか？」

「もとより、陛下の決定に異を唱えるつもりなどございません。相手がどのような方であっても、それが私の役割でございます」

「そうか」

くつくつと楽しげに笑っている。

何か失敗したか？　もしかしたら、どっかの行き遅れた、不良債権的な王族でも押しつけられたとか？

だとしても、俺の役割は変わらない。

国のために結婚し、国のために子を成すだけだ。

「よろこべ。お前の相手は、聖女だ。はっはっは！」

そんな態度が面白かったのか、陛下は声をあげて笑い出す。

「…………は？　え？　あの、聖女でございますか？」

予想もしなかった相手を告げられ、俺のほうは思わず戸惑ってしまう。

俺が動揺するのも、しかたのないことだろう。

今、世の中で聖女と呼ばれているのは、神王国にいるひとりだけだ。

容姿端麗、温厚にして慈悲深く、まさに聖女に相応しいと言われている女性のはず。

なんでその聖女が？　俺なんかと？

疑問が湧き上がってくるが、それを全て呑みこむ。どうせ、後でわかることだ。

「陛下のご厚情に感謝し、聖女との婚姻の準備を行います」

「詳しくは、ムーリクに聞くがよい」

切れ者の宰相であり、王の右腕でもあるムーリク。

たしかに彼ならば、必要十分な説明をしてもらえるだろう。

謁見の間を辞した後、俺は王宮にある自室へと戻った。

そのままになってはいるが、暮らしている離宮に移ってからは、ほとんど使わなくなったので、どこかよそよそしい印象だ。

居心地の悪い部屋でしばらく待っていると、一抱えもある資料を手に、ムーリクがやってきた。

「お待たせいたしました。では、今回の婚礼についてご説明をいたします」

彼は、俺が気にしていたことを端的に、そして過不足なく説明してくれた。

神王国において、『聖女』は、神に与えられた加護によって選別される。それは、魔法の道具を使用して確かめられ、その『聖女』がどこの誰であっても、どんな身分の出身であっても関係ない。

――表向きは、そういうことになっている。

しかし、当然だが平民出の『聖女』と、貴族から出た『聖女』では、扱いが違う。

当代の『聖女』となったロリエは、性格、能力、容姿、その全てが完璧だったが、彼女は平民――しかも、孤児だったのだ。

貴族は自分たちの血を誇っている。たとえ相手が『聖女』であっても、『下賤な者の血』を欲することはない。

たとえ側室として迎えるにしても、兄王子の妻になるような高位貴族の娘たちにとっては、同じ妻として――いや、女としてさえ認められず、受け入れないのは明白だ。

しかし、神王国でなくとも『聖女』の威光は無視できない。

そこで白羽の矢が立ったのは、俺だというわけだ。

第七王子とはいえ、王族だ。『聖女』の相手としての格は十分というわけだ。

『聖女』は子を成すと力を失い、そうなれば新たな『聖女』が選別される。

だから今代の『聖女』には、できるだけ早く子を産んでもらい、引退をさせたいというわけだ。

手っ取り早く次代の『聖女』が欲しいのならば、今代を殺してしまえば……と考えたのだが、そんな簡単なものではないようだ。

悪意を持って『聖女』を害した者がいる国からは、二度と『聖女』が生まれなくなるそうだ。

ならば穏便に、そして好待遇の相手を宛がい、とっとと引退させてしまえとなったようだな。

とはいえ――。

「……神王国は、よく『聖女』を手放す決心をしたな」

神王国とナジュース王国は同盟関係であり、友好的な状況ではある。

俺と『聖女』の結婚を機に、関係をさらに深めたいという狙いがあるのはわかる。

だがそれだけで、重要な『聖女』を国外へ出す理由がわからない。

「それもちろん、理由がございます」

俺の疑問に、ムーリクはよどみなく答えていく。

神王国内でロリエの相手が選ばれなかったのは、万が一にも、悪意を持って『聖女』を害する人間が出ることを避けたのだろうということだった。それほどに、あちらの貴族からは、平民出というのは敵視されているのかもしれない。

他国――この場合はナジュース王国でならいいということだろう。

そういうことがあれば、『聖女』はもう二度とこちらでは生まれない。

そうなれば、神王国はナジュース王国に対して、強く出られるようになる。

「もういっそ、ウチの国の誰かが『聖女』を殺してくれれば……くらいは考えていそうだな」

「そうですね。ですが、他国の人間を利用して『聖女』を害しても、神罰が下るのは『聖女』へ悪意を抱いた人間の国だそうです。これは歴史が証明しておりますので」

「なるほど。今の段階ならばまだ、『聖女』はナジュース王国に〝高く〟売れるというわけか」

彼女を取り巻く状況を知り、深い溜め息が漏れる。

「だが力が本物なのならば、そのまま国内に留めて利用をすれば……ああ、それも『悪意』だと判断される可能性があるのか」

「その通りでございます。平民で出であることを『我慢』して利用するなど、もってのほかです」

それに、その力を私利私欲に利用すれば聖女は力を失い、その国の人間に神罰が落ちるという。

……自国では抱えたくない、爆弾のような存在だな。

「わかった。とはいえ、俺は俺の妻として接することになるぞ？」

「陛下はそれで良い、と仰せです」

「……なるほど。陛下は俺がどう考え、答えるかまでよくご存じというわけか」

「さようでございますな」

溜め息まじりの俺の言葉に、宰相は苦笑ぎみに応える。

「状況はわかった。では、さっそく『聖女』を迎えに行くとしよう」

「……クレイン様、いくら聖女様がお相手とはいえ、王族が自ら迎えに出るなど、そのようなことをなさるのは……」

窘めるようにムーリクが言う。

「王族って言っても第七王子だぞ？　それに、自分の妻となる相手を迎えに行くのに、なんの不都合がある？」

「ございます」

きっぱりと否定されてしまった。

「だったら、誰かになにか言われたら、痴れ者の王子が『聖女』に興味を持って、勝手に美女を見に行った、とか言っておいてよ」

「……かしこまりました。では、すぐにご用意いたします」

俺が言い出したら聞かないということはわかっているのだろう。ムーリクは一礼すると、引き下がった。


『聖女』の巡礼は、安全な旅路を経て、各地の美しい神殿で行われる。

それは事実ではあるが、真実ではない。

祈りを捧げるべき神殿や祭壇は、人が暮らす街の中だけにあるわけではないのだ。

深い森の奥。渇き切った不毛の地。毒の沼を越えた先。

初代の『聖女』が、その身を神に捧げるようにして巡った聖地の全てを回るのが、本来の巡礼だ。

しかし、ここ数代の聖女は、危険な地へ行くのを拒否していたため、必要最低限で済ますようになったとのことだ。

「……そんなことで『聖女』を名乗れるのか？」

呆れて溜め息交じりに呟く。

「クレイン様。今はよいですが、どこに耳があるかわかりません。言動にはお気を付けください」

乳兄弟とでもいうべきか、俺の護衛騎士であるミーントが窘めるように言ってくる。

「わかってるよ。それに、今代の『聖女』は、今までとは違うようだしな」

俺の妻となる『聖女』は、初代の『聖女』が巡ったといわれる書物に記された場所を、実際に回って祈りを捧げているとのことだ。

危険を厭《いと》わず、それどころか積極的に辺境の祭壇を回っているという。

「……変り者なのか？」

「初代に匹敵するほどの力を持つ『聖女』様だそうです」

「なるほど。元が孤児というだけでも嫌悪されているのに、それが優秀とくれば、先代までの『聖女』や、その貴族家はいい顔をしないだろうな」

「クレイン様？」

「お前以外には、こんなことは言わないよ」

「……私にも言わないでほしいのですが」

「それは諦めてくれ。お前にくらいは好きに愚痴らせてもらうからな」

「はあ……わかりました」

「で、巡礼は本来はもう少しかかるはずだが、ずいぶんと無茶な道程だったようだな？」

「はい。クレイン様との婚姻が決まりましたので、急がせたそうです」

「……俺との婚礼が決まったからなんて、口実だろ？　たぶん神王国の狙いは、一日でも早く『聖女』を放り出したいってところか」

「おそらくは」

巡礼は危険がある。『聖女』を守るためには騎士が必要で、森に入るなら地元の冒険者を雇う必要もある。さらには、身のまわりの世話をする侍女やメイド。同道する聖職者も少なくないだろう。

神王国としては、自分たちの権威を高め、民衆の支持を集める『神殿』への巡礼以外をしたがる『聖女』を抱えることは、デメリットのほうが多いのだろう。

「なるほど……。で、彼女は今、どこに？」

「現在は、彼女が生まれ育った修道院に戻っているとのことです」

「……では、巡礼はもう終わったのか？」

「クレイン様とは、最後に残った聖地である祭壇で、祈りを捧げ、婚姻を発表することになっております ので」

「……そうか。巡礼の締めくくりに、ついでとして婚姻をするというわけか。第七王子とはいえ、ずいぶんと舐められているな」

「抗議しますか？」

「いや。無駄だろう。それに第七王子と、国から疎まれている『聖女』ならば、それくらいが丁度いいしな」


王家の紋章入りの馬車で、多数の人間を引き連れて行けば、騒ぎになるに決まっている。

それは俺の本意ではないので、外観をどこにでもあるようなものにし、同乗者も御者を兼任している護衛と、執事だけだ。

馬車は上下にガタガタと、派手に揺れ続けている。見た目はどうあれ、王家で使う馬車でこれだ。街道と呼ぶには抵抗があるくらいの悪路のはず。

「本当に、こんな森の端に住んでいるのか……？」

「はい。間違いございません」

聖女は神王国の首都ではなく辺境――ナジュース王国との間にある緩衝地帯の、深い森に近い場所にある修道院で暮らしているらしい。

「聖女って、神王国にとっては重要な存在だろう？　なのに、どうしてそんな扱いをされているんだ？」

「聖女様の役割は、鎮魂と魔物の浄化です。その儀式を行うためには、定められた場所で祈祷する必要があるそうです」

「そうか。まあ、神王国の首都に暮らしていたら、簡単には迎えに行くことができないし、そのほうが都合はいいか」

そんな軽口を叩いていたのも、『聖女』の暮らす修道院につくまでだった。

「……なあ、ミーント。本当にここに『聖女』が暮らしているのか？」

「そのはずでございます」

そう答えながらも、ミーントも戸惑っている。

石造りではあるが歴史を感じさせる趣のある建物。大きさは、俺の使っている屋敷と比べると、こじんまりとしている。

いや、はっきりと言おう。古くて、ロクに手入れもされていない、ボロボロの狭い建物だ。

神への信仰厚い国の聖女が住むに相応しい場所とは、口が裂けても言えない。

「ミーント、護衛には馬の面倒を見させてから、周辺の警戒をさせろ。その後は、院長に事情の確認をしておいてくれ」

こういうときに信頼できる部下がいるというのは大きい。

俺はミーントに後を託すと、聖女を探すことにした。

――神の住まう場所への門は、誰にでも開け放たれている。

そんな建前どおりに……誤魔化すのは止めよう。薪にでもしたのだろうか、門はすでに影も形もなく、開け放したような状態だ。

これでは魔物だけでなく、森の獣が来ても防ぐことができないだろう。

「……大丈夫なのか、ここは？」

周りを見回しながら、中へと踏み込み、そのまままっすぐに建物に向かう。

礼拝堂だろうか。こちらは扉がちゃんとあるが、左右に開かれている。

一瞬だけ躊躇《ためら》ったが、俺は中へと踏み込んだ。

「……？」

跪《ひざまず》き、熱心に神に祈りを捧げていた少女は、俺に気付いたのか不思議そうに小首を傾げ、こちらに目を向けてくる。

「あの……なにかご用でしょうか？」

澄んだ、そして穏やかな声音で問いかけられた。

その問いに、俺は答えを返すこともできずにいた。

晴れた夏の空を思わせる、淡い青の瞳。ステンドグラスから降り注ぐ日の光を受けて、煌めく金の髪。あどけなさを残しつつも、美しく整った顔。女らしいラインを描く、豊かな胸元。

これまでにも、美しく着飾った貴族の娘たちを嫌というほど見てきた。

だから美女や美少女は見慣れている。だが、目の前にいる彼女は、今まで見てきた誰とも違っていた。

まるで体の周りに光を帯びているかのように、身の内から滲むような清廉な美しさを感じる。

まさに『聖女』の名にふさわしい。

どれくらいの間、見惚れていたのだろうか。

「あの……?」

「あ、ああ。すまない。俺――私は、ナジュース・バナ・クレインだ」

名前を告げると、彼女は俺がここにいる理由を理解したのか、口に手を当てて驚いた顔をすると、すぐに貴族令嬢が裸足で逃げ出すような完璧な礼をとる。

「失礼いたしました。ロリエでございます。殿下のご尊顔を拝謁する――」

「ロリエ、キミとはこれから夫婦になるんだ。難しいかもしれないが、できるだけ普段どおりに話してほしい」

礼儀も口調も完璧だからこそ、分厚い壁のようなものを感じ、気付けばそんなふうに口にしていた。

「おそれながら申し上げます。それは許されません」

「どうしてだ?」

「わたしは孤児です。卑しい生まれです。殿下とは身分が違いすぎます」

「キミが孤児なのは知っている。だが、俺の妻になるんだ。身分の違いは気にしないでほしい」

「ですが……」

戸惑い……というよりも、不安や恐れだろうか。

『聖女』と呼ばれていても、周りには彼女を孤児として見下していたやつがいたのかもしれない。

「もう一度、言う。キミは俺の妻となるんだ。出自も育ちも関係ない。俺はそんなことに拘るつもりもない。それでも信じられないのならば、ただひとりの男として、キミをひとりの女として愛すると、ここで神に誓おう」

じっと、ロリエが俺を見つめてくる。

そのまっすぐな眼差しを受け、俺は顔が熱く、赤くなってくるのを感じていた。

「ありがとうございます。クレインさま。ふつつか者ですが、末永くよろしくお願いいたします」

ふわりと、花咲くような笑みを浮かべ、ロリエが一礼をする。

まだ口調も態度も硬いけれど、すぐに全てを直せというのは難しいだろう。

「ああ。これから、よろしく。ロリエ」


ロリエを迎えに来たことを話すと、すぐにでも出立できると返答をされた。

しばらくは街に逗留し、彼女の準備を待って一緒に戻るつもりだったのだ。だから、その言葉に驚きは隠せなかった。

「馬車は？　古い、小さなものだけしかなかったぞ？」

「はい。あちらは輿入れのときに使用し、そのまま持って行くことを許されているものとなります」

「荷物はそれで全部なのか？」

「儀式のときに必要な聖衣と、その替えだけですから荷箱一つに入りますので」

「同行する神官は？　それに身の回りを世話する女官かメイドもいないようだけれど……」

「『聖女』ですので、二心のないように、神王国のしがらみを全て捨て、わたしの身一つで向かうようにとうかがっています」

「……そうか」

それは建前だ。

うっすらとした記憶でしかないが、俺がまだ幼い頃に見たことがある先代の『聖女』は、多くの従者――取り巻きを連れ、身に着けているものも華美だった。

儀式のために、ナジュース王国に迎えたときも、贅沢三昧、わがまま放題だったと聞いている。

もし俺が他国の貴族と婚姻を結び、国を出ることになったら、少なくとも、執事やメイド、護衛など最低でも数十人の使用人たちと、屋敷まるごと一つ分の荷物、あとは相応の金を持っていくだろう。

第七王子でさえ、そうだというのに……国でただひとりの『聖女』に、この仕打ちとは――。

平民、しかも元孤児の『聖女』だ。このような扱いをしたところで、適当な理由をつけて、各国を黙らせるつもりなのだろう。

利用するだけしてきたのだ。最後くらい、華々しく送り出してやれば良いものを。

いくらなんでも酷い扱いだ。

「……わかった。では、ロリエの準備が整い次第、ナジュース王国の俺の暮らす離宮へと向かおう」

ロリエに用意された馬車は残し、俺が乗ってきた馬車に同乗してもらって戻ることになった。

「ここが、今日からロリエも暮らす俺の離宮だ」

王宮から少し離れた場所にある、離宮。王族の使用する建物としては、最小サイズだ。それでも、彼女のいた修道院の数倍の広さがあるが。

「お帰りお待ちしておりました。クレイン様」

「ああ。彼女が俺の妻になるロリエだ。丁重に頼む」

「はっ」

「あ、あの、クレインさま……？」

「疲れただろう？　すぐに部屋を用意させる。食事をして、身を清めて休むと良い」

メイドに後のことを頼み、俺は執務室へと向かう。

「お帰りなさいませ、クレインさま」

「ああ。任せきりですまないな。それで、彼女のことについて、調べはついたか？」

「はっ」

俺の留守を任せていた侍従長が、羊皮紙の束を取り出す。

「詳細はこちらにまとめてございます」

「よくやった。これは後で読ませてもらう。まずは話を聞かせてもらおうか」

「はあ……。やはりそういう扱いだったのか……」

ロクに整備もされていない街道を走る間、ガタガタと揺れる馬車に文句一つ言わず、それどころか、普段よりもずっと静かだと微笑していたロリエ。

彼女がどんな環境で巡礼をさせられていたのか、わかるというものだ。

俺もまた、政略結婚という形で彼女を利用しているひとりだ。

だからこそ、今後は少しでも心安らかに暮らしていけるように、気遣うことを、心に誓う。

数日もしないうちに、俺と『聖女』が正式に結婚をしたことを各国に向けて公表することになるだろう。

本来ならば、国をあげて大々的に祝うものだが、今回は婚約式は最低限で済ますことになる。

第七王子の結婚なんかに、王宮の財務が金を出し惜しむのは当然だ。

俺はそれでも構わない、そのほうが良いとさえ思っていたが、『聖女』は満足してくれるのだろうか……？

「……独りで考えていてもしかたないか」

彼女の考えは、彼女に聞くしかない。

ここまでの移動もあって疲れているだろう。
二、三日ほど休んだ後に、ゆっくりと話をするとしよう。
そう思っていたのだが――。

湯浴みを終えて、ベッドに横になっていると、部屋をノックする音が聞こえてきた。

もう夜も遅い。こんな時間に部屋に来るのはミーントや家族くらいだ。

話があるのならば、明日でも良いだろうに……少しばかり面倒を感じながらも、俺は入室の許可を出した。

「し、失礼いたします」

「……ロリエ？」

部屋に入ってきたのは、薄手の夜着に身を包んでいた、ロリエだった。

清楚ながらも、その体は十分以上に女としての魅力を兼ね備えている。

手ほどきを受け、それなりの相手と経験もあるが、その魅力をまっすぐには見られず、つい視線を逸らしてしまう。

「な、なんでこんな時間に……？」

「夜になったら、部屋へ……クレインさまのおそばに侍《はべ》るようにと……」

「神王国の人間がか？」

「……はい」

よほど早く、子を成させたいようだな。

余計なことを――と言いたくなるが、美しくも艶やかな彼女の姿に、怒りも文句も消えていく。

「あの……クレインさま？」

部屋に入ったのはいいが、ロリエは所在なさげにその場から動かない。

「そこのソファに座るといい。今、飲み物を用意させよう」

「あ、あの……ですが……」

「まずはお互いのことを知りたいんだ」

「お互いのことを、ですか……？」

「ああ。キミがどんなふうに暮らしてきたのか。どんなことをしてきたのか。これからどんなことをしたいのか」

「わたしが……？」

どうやら、自分の意見を話す機会はあまりなかったようだ。

飲み物を持ってきた侍女が下がり、ふたりきりになってから、彼女の話を聞かせてもらう。

あの場所は修道院と聞いていたが、元は子供たちの保護施設だったという。

「……『聖女』になる前は、食事の量も満足に確保できず、小さな子供たちを優先していたので、食べることのできない日もありました」

「……そうか」

「冬は寒さを避けるために、一つの部屋にみんなで集まって寝るんです」

そんななか、ロリエが『聖女』になったことで、食事に困らないくらいに援助をもらえるようになったことも聞いた。

『聖女』になったことで、助けを求めている人たちのために、できることをしたいと願ったという。

「……苦労したんだな」

「そうでしょうか？　でも、わたしはそれでも……幸せ、だったんだと思います」

心根《こころね》も良く、まさに聖女に相応しい性格の美少女だった。

見た目だけでなく、その心も美しい。

神王国の人間は、何を見ているんだ？　彼女ほど『聖女』に相応しい人などいないだろうに。

「……ロリエは、本当にいいのか？」

「本当に？」

「ああ。このまま部屋に泊まることを、だ」

「……やはり、ご迷惑でしたか？　伽《とぎ》を命じられもせず、部屋に押しかけるような真似をして……」

「迷惑だなんて思ってはない！」

思わず、声が大きくなる。

「ここまで旅をしてきたばかりだ。疲れも取れていないだろう。それに、いくら妻となることが決まっている相手であっても、式もせずにそのようなことをするのは不義理となるだろう？」

それらしい理由を並べているが、自分でも建前に過ぎないとわかっている。

「ロリエを嫌っていたり、迷惑だからなんて思ったりはしていない」

「そう、だったんですね……」

護衛もいるはずなのに、彼女がこの部屋まで来ることができたのは、話が通っているからだろう。

そして、隣の部屋には侍女のひとりやふたりが控えているはずだ。

彼女が処女《おとめ》であることを確かめるために、行為を聞き、終わった後に確かめる役割があるはず。

このまま何事もなく帰らせれば、『ロリエを気に入らなかった』、『王子の相手が務まらなかった』などと、つまらない噂が流れかねない。

それに、彼女の心に触れた今、離れ難く感じているのは嘘ではない。

「だが、こうして部屋に招き入れたからには、今夜は帰すわけにはいかないぞ？」

「は、はいっ」

ロリエは俺の言葉の意味をしっかりと理解しているのだろう。返答する声が上ずっている。

「俺たちは政略結婚。しかも出会ったばかりで、こんなことを言っても信じてはもらえないかもしれないが――」

ふたりの間を埋めるように、肩が触れるほど近くに座り直すと、緊張しているロリエの手をそっと握る。

「俺は、キミを好ましく思っている。この気持ちに嘘はない。それを信じてほしい」

まっすぐに彼女の目を見つめると、ロリエの顔がみるみる赤く染まっていく。

「あ……わ、わたし……あの……」

聖女として振る舞っていたときとはほど遠い姿。けれども、それが可愛らしくて、愛おしくてたまらない。

「すぐに俺を愛してくれとは言わない。だから時間をかけて、俺を知ってほしい。そうやってふたりで愛を育んでいければいいと思っている」

「……はい」

はにかむような笑みを浮かべ、ロリエが頷く。それだけで天にも昇るような気持ちになる。

「では、より深くお互いを知ることから始めようか」

彼女を誘い、ベッドに並んで座る。

すぐ隣に彼女がいる。初めてでもないのに、あのとき以上に鼓動が速く、湧き上がってくる衝動を必死に抑える。

「ロリエ……」

「あ……クレイン、さま……」

そっと彼女の頬を撫で、顔を寄せていくと、彼女はゆっくりと目を閉じる。

「……んっ」

唇が触れるだけのキス。

だが、彼女は不慣れなのだろう。体がコチコチになるくらいに力がこもり、眉根を寄せている。

少し長く唇を重ねると、ほどなくロリエは顔を真っ赤にしながら、体を小刻みに震わせ始めた。

どうやら、キスをしている間は、息をするのを我慢しているようだ。

「ん、ふぁっ、はあ、はあ……」

「キスをしながらでも、息はできるだろう？」

「キスをしながら、ですか……？　ど、どうすればいいのか、わからなくて……」

本気で言ってるのか？　いや、本気だろうな。

男女一緒にベッドに入ることも、お互いの体に触れ合うことも、キスを交わすことも……その全てが、ロリエにとっては初めての、そして未知の経験なのだ。

俺にとっての当たり前が、彼女にとっての当たり前だなんて思わないほうがよさそうだ。

「そういうときは、キスの合間に息をするか、鼻で呼吸をすればいい」

「わ、わかりました。次から……あ」

自分から次――また、キスをねだったことに気付き、照れているようだ。

「あ、その、次というのは、言葉のあやといいますか……」

「なんだ？　ロリエはもう、俺とキスをしてはくれないのか？」

からかうように問いかけると、ロリエは困ったように視線を左右に揺らした後、目を伏せた。

「そ、そのようなことでは……」

「では、もう一度……今度は、ロリエからしてくれるか？」

「……っ」

ロリエは軽く息を呑む。

「……こういうことをするのは、怖いか？」

「あ……い、いえ……クレインさまを怖いだなんて……」

「誰でも、何か初めてするときには不安も恐怖も感じるものだ。だから、隠すことはない」

俺の言葉が意外だったのか、ロリエがきょとんとした顔をする。

「俺も初めて馬に乗ることになった前の日は、上手くできないことや、落ちて怪我をするかもといった、そんなことばかり考えていた」

「クレインさまは、乗馬がとても上手だとうかがっていましたけれど……」

「上手いかどうかはわからないが、好きではあるな。ロリエを迎えに向かうときも、半分ほどの道程は馬車ではなく、馬に跨《また》がっていた」

「それほどお好きなのに、ですか？」

「そうだ」

「そうなんですね……怖くても、不安でも、もっと好きに、上手くなることができるように……」

「全て、本人の気の持ちようだ。もっとも——他人に強要されていれば、そう思うことはできないだろうが」

「あ……」

ロリエは、怯えたような目を俺に向けてくる。

「神王国の人間に、夜の行為で必ず王子に気に入られろ、満足させろ、少しでも早く子を成せとでも言われてきたのか？」

ただの予想ではあるが、ロリエがどこか切羽詰まったような態度から、そう違ってはいないだろうと察する。

「……申し訳、ありません」

「ロリエが謝るようなことじゃない。それが政略結婚というものだ。もっとも、受け入れた側のナジュース王国――俺に、そんなふうに言う資格はないがな」

「いいえ、いいえっ、そんなことは――――」

「ロリエは、神王国からは解放されていい。そして、すぐには無理でも、俺を王子ではなく、クレインとして、ひとりの男として見てほしい」

「王子ではなく……ですか？」

「ああ。俺もロリエを『聖女』ではなく――――」

そこで言葉を句切り、彼女を抱き寄せると、耳元で囁くように告げる。

「ひとりの女として――可愛らしい妻として接すると約束しよう」

そう告げながら、小さな耳たぶをはむりと唇で挟む。

「ひゃあんっ！　あ……!?」

「少し、体から力が抜けたようだな。その調子だ」

からかうように言いながら、耳の縁を舐め、頬にキスをし、首筋に舌を這わせる。

「こ、これは……んっ、クレインさま……くすぐったい、です……」

「くすぐったいだけか？」

感度のよかった耳たぶを、ふたたび唇で甘噛みする。

「ひゃっ！　あ……んんっ」

ブルブルっと、体を震わせる。

どのように反応していいのか、愛撫をどう受け止めればいいのかわからないようだ。

「さて、さっそく次のキスを……今度は、ロリエからしてもらえるか？」

「あ、は、はい……」

先ほどまであった、どこか追い詰められたような感じはもうない。

「クレインさま……ん、ふ……」

ぎこちなく、不慣れなキス。

ロリエは唇を押しつけたまま、じっとしている。

「んふっ、ふ……ん……」

教えたとおり鼻で息をしているようだが。

緊張からか、少しばかり息が乱れていて、くすぐったい。

「ん、ロリエ……キスは、唇を重ねるだけじゃなく、こんなふうに……ん、はむ、ちゅ……」

彼女の唇を自分の唇で挟み、舌先を使って軽く舐めたりと、変化をつける。

「んうっ、ん、ちゅ……はあっ、は……クレインさま……んっ、ちゅ……」

俺のすることを素直に受け入れ、自分からも試すように真似てくる。

それが嬉しくて、ついつい時間を忘れて、彼女とのキスを楽しんでしまった。

「んあっ、はあ、はあ……きすって……こんなに、いろいろなやり方があるんですね……ん……」

目尻をとろりと下げ、頬を染めたロリエが、感心したように呟く。

「まだ、他のやり方もあるぞ？　それに、キスだけで終わりじゃないとわかっているだろう？」

俺はそう告げると、ロリエの細い肩に掛かっている、夜着の紐に指をかける。

「……この先をするためにも、この無粋なものを全て脱がしてしまおうか」

「え？　あ……！」

半ば恍惚としていていたロリエだが、はっとした顔をして、自分の体を抱きしめるように服を押さえた。

「そんなことをされては、脱がすことができないぞ？」

「クレインさま……脱ぐのは、はずかし……です……」

「そうしなければ、夫婦の契りを交わせないだろう？」

着たままの状態で続けてもいいが、ロリエの全てを見たい。知りたい。その思いのほうが強い。

「わ、わかっていますけれど……で、でも……」

「ロリエの全てを見せてほしい」

「……わ、わかりました……」

体を隠すのは諦めたのだろう。自らを抱くようにしていた腕の力が緩む。

「ありがとう、ロリエ」

再びガチガチに緊張しているロリエの頬に軽くキスをする。

神王国が用意したものなのだろう。

身に着けている夜着は、デザインはやや扇情的ではあるが、上質だ。

——もっとも、他人の用意したものなど、いつまでも着させるつもりはない。

今夜のことが終わったら、俺が選んだものを身に着けてもらうとしよう。

「では、脱がすぞ」

ロリエを安心させるように優しく肩を撫でてから、結ばれている紐を解く。

上を脱がし、今度は下——穿いている下着の腰を止めている紐を解いていく。

「少し、腰をあげてもらえるか？」

涙目でいっぱいいっぱいな表情で、ロリエは何度も小さく頷くと、ゆっくりと腰をあげる。

脱がせた服を全て抜き取ると、ベッドの端へと放った。

「あ……」

生まれたままとなったロリエの白い肌を、窓から差し込む月光が照らしだし、まるで淡く輝いているかのようだ。

「綺麗だ……」

「あ、あの……」

「本心からの言葉だ。とても綺麗だ」

「あ、ありがとうございます……」

「……触れても、いいか？」

「は、はい……」

壊れ物を扱うように、そっと彼女に触れた。

肩から二の腕へ。そして脇から腰のラインをなぞるように。驚くくらいにすべらかな肌の感触を楽しみながら、手を滑らせていく。

「ん……ふっ、ん……」

声が漏れないように唇を引き結び、くすぐったそうに体を捩《よじ》っている。

そんなふうにされると、かえって俺の中の男を刺激するのだと、わかっていないのだろう。

無垢な彼女を、俺の手で淫らに乱れさせたくなってしまう。

「あ……あ……クレインさま……んっ、くすぐったいです……んっ」

「今はそのままでいい。俺のすることを、ただ感じてくれ……」

腰を撫でていた手を下ろし、すらりと伸びた太ももへ。

ほとんど出歩くことのない貴族の娘のものと違い、しっかりと引き締まり、瑞々しい弾力がある。

プニプニした感触を味わい、膝をくすぐるように軽く擦り、今度は内ももを撫であげる。

そして彼女の敏感な場所――股間へ。

「ひゃっ!? あ、あっ、クレインさま……そこは……」

両手を伸ばし、俺の腕を掴む。

けれど、それは儚い抵抗にすぎない。

「そ、そこは不浄の……ですから、クレインさまが触れるようなところではありませんからっ」

「……ロリエの体はどこもかしこも美しい。不浄だなんて、俺は思わないぞ?」

その言葉を証明するかのように、ロリエの秘所へと指で触れる。

「んんんっ」

呻《うめ》くような吐息と共に、足に力がこもる。

「ロリエ、できるだけ力を抜いて、俺に身を任せてくれ」

「は、はい……こう、でしょうか……？」

俺の言ったように、どうにか力を抜こうとしているのだろう。けれども、よほど恥ずかしいのかうまくできないようだ。

しかたがない。かわいそうだと思うが、このままでは挿入したときの負担も痛みも大きいだろう。

「ロリエ、すまないな」

そう言うと、俺は彼女の足をやや強引に左右に開いた。

「あ……!?」

「深く息を吸って、吐いて……できるだけ、力を抜いて」

安心させるように囁き、再び耳たぶを舐め、甘噛みしながら彼女の体に触れていく。

「ん、んふっ、あ……は……んんっ」

触れた秘唇は、まだぴったりと閉じていて、湿り気もほとんどない。

緊張から、あまり濡れていないようだ。

「……ならば、こうすればいいか」

俺は彼女の胸元から、みぞおち、ヘソへとキスをしながら顔を下ろしていく。

「あ、あの……クレインさま……？　まさか……」

「そのまさかだと思うぞ？」

顔を上げずに答えると、ヘソからさらに顔を下げ、ロリエの股間に唇を寄せる。

「あ、あ、だめ、ですっ。王子さまがそんなこと――」

慌てたロリエの声が頭上から聞こえると同時に、彼女の手が俺を押しとどめようとし、太ももにぐっと力が入る。

「王子ではなく、ロリエの夫なのだから、問題ない」

彼女のふとももの間に顔を埋めるようにし、足を強引に開かせる。

「あ……あ……ど、どうしたら……クレインさま、わたし……どうしたら……」

「どうもしなくていい。いや……俺のすることを受け入れてくれればいいんだ」

ロリエの返事を待たずに、彼女の秘所――陰唇に指を添えると、左右に広げる。

「ふわあっ!?」

悲鳴じみた声をあげ、再び足を閉じようとする。

だが、俺はそれを許さず、露《あらわ》になった薄桃色の割れ目にキスをするように唇を押しつける。

「ん、れろ……」

唾液をたっぷりと乗せ、ロリエの敏感な粘膜を舐めあげると、びくんっと腰が大きく跳ねた。

「ひゃっ、あっ、あっ、そんな……クレインさま……だめ、だめです……」

「ぴちゃ、れろ、れる……ちゅ、ぴちゅ……」

ロリエにもわかるように、あえて音を立てるようにして、舌を使う。

「はあ、はあ……あぅっ、んっ、だめ、だめです……そんなところ、舐めるなんて……あ、あっ♥こんなことまで、クレインさまにしていただいて……んんっ♥」

充血した陰唇を舐め、やや匂いのする尿道口を味わい、ひくつく膣口を舌先でつつく。

「ひゃっ、あっ、んくっ、ひゃめっ、あ、あっ、だめれす……あ、クレインさま、そんなところ、きたない、ですからぁ……」

「何度も言わせないでくれ。ロリエのここを、汚いだなんて思ったりしない」

「あ、あーっ♥　んあっ、そんなところ、舐められてるのに、淫らな声が……出て……あっ♥　あああっ♥　とめられない……んんんっ♥」

漏れ出る声を抑えようと、ロリエが唇を引き結ぶ。

そんなことをされれば、かえって彼女の声を聞きたくなる。淫らに喘がせたくなる。

「声が出るなら、好きなだけ、出していい。いや、聞かせてくれ」

「はあ、はあ……あっ♥　んんっ、い……あっ♥　きもちい……いいの、だめなのに……んんっ、ごめんなさい、ごめんなさ……クレインさま……あっ、あっ♥」

謝罪の言葉を口にしながら、ロリエは昂ぶっていく。

しばらくの間、彼女の敏感な場所を舐め続けていると、そこは十分な湿り気を帯びていた。

「はあ、はあ……あ、は……クレイン、さま……」

半ば強制的に快感を与えられ、恥ずかしい行為を強要されたのだ。

ロリエにとって、衝撃的な経験だったのだろう。消耗か疲れか、少しぐったりとしている。

すっかり体から力も抜けているようだ。これならば、いいだろう。

「では、ロリエ……契りを結ぼう」

これ以上なく硬くなっているペニスを一息にロリエの中へと突き入れた。

「んくううっ!?　あ、くぅ……は…………………！」

呻き声と共に、肺の中を空にするかのように、深い息を吐く。

「……痛いか？」

「はっ、はっ、へ……き、です……」

「『治癒』は自分には使えないのか？」

「できますけれど……病や怪我では、ありませんから……」

聖女の奇跡を自分に使わないのは、彼女の中にある譲れない一線か何かなのだろうか？

「わかった。では、少しの間、我慢をしてくれ」

「は、はいぃ……」

できるだけ、負担を多くかけないように。そして、少しでも快感で痛みがまぎれるように、ゆっくりと腰を前後させる。

初めての膣はまだ硬く、狭く、肉棒を強く締めつけてくる。

「ロリエ」

「はぅ、はっ、あ、はっ、んふ、はふっ、は、は……」

ロリエは目を硬く閉じ、息を荒げている。俺の問いかけに答える余裕もなさそうだ。

結合部に滲んだ、処女の証。それが愛液と混じり、動きがスムーズになっていく。

「うっ、ふ……んっ、く……」

できる限り負担をかけないように、ペニスをゆっくりと行き来させながら、包皮から顔を出している敏感な突起を指の腹で撫でる。

「んくううっ！」

軽くのけぞり、白い喉を震わせるロリエ。

その声には、たしかに甘い響があった。

「ここ、弄るといいみたいだな」

たっぷりと滲んだ愛液を塗り込むようにし、軽く摘まんで擦る。

「あっ、ひゃっ、んんっ、クレインさま……あっ、声……変な、声が出て……んんんっ」

愛撫に対する反応を見ながら、撫でて、擦って、押し込んで、左右に転がして。陰核を優しく、そして丁寧に刺激し続ける。

彼女の感じる場所、感じやすいやり方を探りながら、さらに弄り続け、同時に肉竿でロリエの膣内をゆっくりと擦りあげる。

「へん、ですぅ……あっ、あっ、わたし……おかしい……変なんです……」

「何が変なのかな？」

「ん……痛かったはずなのに……ジンジンして……あっ、クレインさまのが動くたびに……あっ、声、出て……んんっ」

「自分で、ここを弄ったりしたことは……？」

「はあ、はあ……そんなこと、したことない、ですぅ……んっ、んあっ」

どうやら初めてということだけでなく、性的なことから完全に遠ざけられていたのだろう。

「あぁ……すごいです……わたしの中、んっ、クレインさまのが、あぁ……」

狭い処女穴はぎっちりと肉棒を締めつけている。

俺は彼女の反応を確かめながら、その中を肉竿で往復していった。

「んっ、んっ、あ、く……あ、あ……」

「痛みは平気か？」

「ん、はい……痛みは……平気です。ですけれど……んんっ」

「痛み以外に何かあるのか？」

そう尋ね、彼女の表情の変化を確かめながら腰を速めていく。

「はっ、こ、こわいんです……わたしが、わたしでなくなってしまいそうで……んっ、あっ、ああっ♥」

自分が自分でなくなるような感じ？　ロリエが何を怖れているのかはわからない。

だが、彼女が俺の手で変わるのならば、それを受け入れるだけだ。

「大丈夫だ。ロリエはロリエだ。変わらない。変わっても、俺が受け止める」

「あふっ、ん、あぁ……♥　クレインさま、んぅっ」

ロリエの表情は、だんだんと快楽に緩んでいった。

「あ、あっ♥　んあああ……んあっ、こんなの、しりません……しらないです……んっ、んっ、クレインさま……みないれ、くださ……んんっ♥」

ロリエは両手で顔を覆ってしまった。

せっかくの彼女の可愛い顔が見えないのは残念だ。

「ロリエ、顔を隠さないで」

「お、お許しください。わたし、今……きっと人に見せられないような、恥ずかしい……淫らな顔になっています……」

「ロリエの全部を知りたいんだ。それに、恥ずかしくても、淫らでも、そんなロリエの顔を見ることができるのは、俺だけだろ？」

そう言って、顔を隠している彼女の手をそっと掴む。

「ロリエの淫らな顔を、俺にだけは見せてくれるだろう？」

「クレインさま……いじわるです……」

愛しい女性を自分色に染めていく、そんな背徳じみた行為への悦びを感じている。

「あっ♥　あっ♥　クレインさま……変、変なんです……からだ、ぜんぶ、気持ち良くて……とまらなくて……わたし、こんな……あっ、あっ♥」

焦点を失った瞳が左右に揺れ、緩んだ口の端から涎がこぼれる。

快感が痛みを上回っているのか、ロリエは甘く喘ぎ続けている。

「う、く……ロリエ、そろそろ……出すぞっ」

「は、はっ、あ……だす……だす……？　あ……わかりませ……クレインさま、したいように……あっ♥　んああっ♥」

性行為に不慣れなだけに、彼女の反応は正直だ。感じる場所を刺激すれば、腰が跳ね、体が大きく震える。何度も出し入れをしながら、彼女の弱い場所を責め続ける。

「はあ、はっ♥　クレインさまぁ……んああっ♥　声……だめ、です……あっ♥　んああっ♥　だめ、だめなのに、とまらな……んんんんっ♥」

「いいぞ。もっと声を……ロリエが乱れる姿を見せてくれ」

膣奥まで挿入し、抜ける直前まで引き抜く。

「あああっ♥　んああっ♥　あ、ああーっ！　クレインさま……クレインさま……わ、わたし……これ、あたま、まっしろになって……あっ、んあっ」

限界が近いのだろう。ロリエの声が切羽詰まったものへと変わる。

「ロリエ……！　ロリエ……！」

彼女を初めての高みへ、俺が連れていく。

そのことに興奮と満足感を覚えながら、彼女を今まで以上に激しく感じさせる。

「んあっ、あっ♥　んっ、んっ、あっ、あっ、あくっ、あっ、ああっ♥　あああぁぁっ♥」

「く、う……！　はっ、はっ、う、あっ」

もう、お互いに言葉を発する余裕もなかった。ただ無心に求め合い、そして――。

最後の一突きとばかりに膣奥を突き上げると、ロリエの体が大きく波打った。

「ふあっ、あああああああああああああああああああっ!!」

ロリエが悲鳴じみた喘ぎ声をあげると、肉棒を絞るように膣が収縮する。

痛みにも似た強烈な刺激に、俺も限界を迎えた。

「く、おおっ！」

びゅぐ、びゅぐうううっ！　どぴゅるっ、びゅぐっ!!

うねり、締めつけてくる彼女の膣内へ、思うままに全てを放出したのだった。


「あ、う……はうぅ……」

初体験が終わった後、ロリエは顔を枕に埋めるようにしたまま、プルプルと体を震わせていた。

「ロリエ、その……無理をさせてしまったか？」

ふるふると頭を左右に振っている。どうやら違うようだ。

「わ、わたし……あんなに、淫らに……クレインさまに、嫌われてしまうと……」

「そんなことはない。俺の手でロリエが感じ、乱れるのは……男として嬉しい。だから、これからも、もっと感じていいんだ。もっと淫らに乱れた可愛い姿を俺に見せてほしい」

「は、はい……」

頷いてはいるけれど、ロリエは涙目で顔を真っ赤にしている。慣れるまではしかたないか。

彼女を抱き寄せ、できるだけ優しく頭を撫でる。

「あ……」

「ロリエのことを嫌いになったりしない。安心していい」

言い聞かせるようにそうくり返していると、少し落ちついてきたようだ。

「クレインさまは、とってもお優しいですね」

「そうか？」

「はい。こうやって頭を撫でていただいていると……小さな頃を――親のいない寂しさに泣いてしまい、眠るときに施設の院長先生に撫でていただいたことを思い出します」

俺は、王である父とは月に数回しか会えなかった。けれども、生活に不安はなく、母や、兄姉たちに愛情を注いでもらっていたので、寂しさはなかった。

「ロリエが？　少し意外だな」

「ふふっ、そうですか？　『聖女』などと言われても、わたしは……あの頃から変わっていないのかもしれません」

意外な言葉を聞いて、俺は驚いてしまう。

儀式のためにあちらこちらを移動するとき、どんなに時間がなくとも、貧富や老若男女に関係なく困っている人がいれば手を差し伸べていたと聞いた。

まさに彼女こそ『聖女』と呼ぶに相応しく、そして彼女以上に『聖女』らしい心根の持ち主もいないだろうと、そう思っていた。

「ロリエほど『聖女』らしい『聖女』はいないと思うが」

「いいえ。わたしは神様に力を貸していただいているだけです。わたしは、わたしでしかありませんから」

「……なるほど。そういうものなんだな」

俺が思ったまま言うと、ロリエは嬉しそうに微笑《わら》う。

「『聖女』なのだから、そのくらいのことはできて当たり前」

「え……？」

「『聖女』なのだから、助けを求める者たちに慈悲を、救いを与えるのは当たり前。なんだそれは……愚かしいにもほどがあるぞ」

怒りが湧いてくる。

たしかに彼女の力は本物だろう。

それどころか、おそらくここ数代の『聖女』の中でも飛び抜けているようだ。

「ふふっ、クレインさまはきっと、そういうことを言わないのですね」

「当たり前だ。神ならぬ人の身には、できることとできないことがある」

「わたしも、わたしにできることならば、どうにかしたいと思っていました。でも、ひとりでできることは少なくて……」

「ナジュースでは、いや……俺の前では『聖女』である必要はない。ただのロリエでいていいんだ」

「……はい」

聖女の力は、その純粋さと、公平さに比例するように強くなっていく。

貴族や王族――神官たちが、自分たちの都合のいいように扱う相手として、彼女は不適格だったのだろう。

それで他国の第七王子に押しつけ、次代の『聖女』を待つことにしたのか。

子供が生まれれば聖女の資格を失い、次代へと受け継がれる。

俺にしてみると気の長い話だと思うが、国や信仰は十年先どころか百年先を見て考えなければならない。

それに百年ほど前にも、そんなことがあった。力の強い聖女が邪魔となり殺した国に、神罰が下ったとしか思えない状況が降りかかって、滅んだという実例がある。

第七王子はそういう意味でも、ロリエを宛がうには適当だったのだろう。

「……とはいえ、勘違いしないでほしい。ロリエが『聖女』を続けたいのならば、それでもいいんだ」

「いいんでしょうか……？」

聖女は子を成すと力を失う。

彼女はそれでも、皆を救いたいと願っているのだろう。

「『聖女』の力がなくとも、できることはある。俺の力は小さいが、できるだけ手伝おう」

「ありがとうございます、クレインさま」

嬉しそうに、幸せそうに、彼女が笑った。


初夜を終えてから一月ほど経過した後、俺と彼女の結婚式が行われた。

それは、王族と『聖女』のものとはいえないほど、質素なものだった。

その上、王城での披露ではなく、王子と『聖女』が自ら街や村を回るといった、前代未聞の行いだった。

王都で婚姻を行うよりもずっと安い予算で国民を慰撫《いぶ》できるということで、父親――陛下からも、あっさりと許可を得られた。

もともと、ロリエの巡礼は神王国だけでなかた。

他国であっても、小さな村などにも積極的に訪れ、手を差し伸べてきた。

そのことに、俺は少なからず感銘を受けていたのだ。

俺は王宮で、権力を持って狂う人間や、財貨を得て増長する人間をたくさん見てきた。

だからこそ、ほどほどでいい、気楽に暮らしていきたいと思っていた。

だが、彼女はその小さな体に大きな力を得ても、変わらなかったのだ。

「……この街で最後か」

「はい。そうなります」

俺とロリエは、用意された宿のベッドに肩を寄せ合うようにして、並んで座っていた。

俺とロリエの婚礼の旅も、そろそろ二ヶ月ほどになる。

共に旅をしたことで、俺たちの心の距離もだいぶ近づいた。

「これでやっとおとなしく王宮に引っ込んでくれると、神王国もほっとしているだろうな。」

「ふふっ、そうかもしれませんね」

何しろやつらは、次代の聖女が生まれるためにも、ロリエに一刻も早く子供を作ってほしいのだ。

「どうする？　まだ妊娠していないのならば、もう少しの間は『聖女』でいられるかもしれないぞ？」

「……たしかにこの力を失えば、私が救うことのできる人が減るかもしれません。でも、今はクレインさまが一緒にいてくださいますから」

「……そうか」

俺は彼女を抱きよせ、キスをする。

「ん、はむ、ちゅ……ふぁ……はあ、はあ……それに、わたしはクレインさまのことをお慕いしています。ですので、子供が欲しいというのも本当の気持ちです」

頬を赤く染めて、恥ずかしげに目を伏せる。

「夫婦になったのに、まだ慣れないか？」

「本心だからと言って……いえ、本心だからこそ、口にするのが恥ずかしいこともあります」

「ははっ、ロリエは本当に可愛いな」

再び抱き寄せると、俯いている彼女の額に軽くキスをする。

「あ……んっ、ちゅ……はむ、ん……クレインさま……んんっ」

何度もしてきたからか、さすがにキスにも少しは慣れてきたようだ。

俺は彼女の体をそっとベッドに横たえ――。

「あ、あの……クレインさま、お願いがあります」

「お願い？」

「はい。その……今晩は、わたしにご奉仕をさせてください」

「ロリエから……？　それはかまわないけれど、どういう風の吹き回しなんだ？」

「『治癒』のお礼にと、その……男の方に喜んでもらう方法を教えていただいて……」

そうか。スラムに近いところにある娼館にも行ったんだったな。

死病と呼ばれているいくつかの病気も、ロリエなら発病した直後ならば治すことができる。

たぶん、ロリエに救われた彼女たちなりのお礼——厚意と好意なのだろう。そして、ロリエはそれをまっすぐに受け止めたというわけだ。

清楚なロリエが、どのようなことを教わったのか、そしてどんなことをしてくれるのか、正直に言えば興味がある。

「それなら、頼んでもいいか？」

「は、はいっ」

気合いを入れるように、胸の前で両手をぐっと握りしめている。

今から戦争に出るわけでもないのだから、そんなに気合いを入れなくてもいいと思うのだが……。

「クレインさま……」

両手を差し出すようにして、俺の顔に手を添えると、ゆっくりと唇を寄せてくる。

「んっ……ちゅ、ん……」

唇が重なると、自ら舌を俺の口内へと差し入れてくる。

初めてキスをしたときのことを思い出すと感慨深い。

「はむ、ちゅ……んっ、んむ……んんんっ!?」

受け入れて舌先を重ねるようにすると、ロリエは戸惑ったかのように動きを止める。

「ふぁ……はっ、はっ、クレインさま……？」

「どうしたんだ？」

「あのっ、いえ……舌を入れた後に、相手の方が動かしたときにどうすればいいのかは、聞いていなくて……」

なるほど。自分から奉仕することだけを習ったのか？　だとしても……。

「初めて俺とした夜も、こういうふうにキスをしただろう？」

「あ、あのときは、初めてでしたし、驚いたり、恥ずかしかったり、他のことを考える余裕がなくて……」

顔を赤くして早口に理由を並べていく。

そのわりには、しっかりと俺の真似をしていたようだったが……まあ、本人がそう言うのならば、そうなのだろう。

「すまない、ロリエ。次からは余計なことをしないから、任せてもかまわないか？」

「は、はいっ。お任せくださいっ」

気合いを入れ直すと、再び両手で俺の頬を掴み、顔を寄せてくる。

どうやら、教えられたといっても一通りのやり方しか聞いていないようだ。

「ん、んちゅ……ん、ふ……」

唇を重ねると、おずおずと舌を差し入れてくる。

今度は彼女の好きなように、成すがままに。ロリエの舌を受け入れる。

おずおずと差し入れられた舌が、丁寧に歯列を舐めてくる。

ちらりとロリエの顔を見ると、目をぎゅっとつむって、必死な様子だ。

「ちゅ、れろ、ぴちゅ、ぴちゃ……ぷあっ、はあ、はあ、唇へのキスの次は……自分から、あちこちに……」

ロリエは手順を確かめるように呟くと、鼻先に、頬に、まぶたに、ちゅっ、ちゅっと優しいキスをくり返す。

「クレインさま………だ、大好きです……クレインさま……あ、愛してます……」

「俺も、ロリエのことを愛してるぞ」

「あ……んんっ！」

ロリエは目を見開くと、ぶるっと体を震わせる。

「はあ、はあ……気持ちを素直に伝えると、相手を喜ばせることができると聞いていたのですけれど……これでは、わたしばかり……嬉しくなってしまっています……」

「そんなことはない。そこを見ればわかるだろう？」

大きくなっている股間を指し示すと、ロリエが視線を向けて、頬を染める。

「クレインさま……ここ、こんなふうになると、辛いんですよね……？」

股間に優しく触れると、布越しにもわかるほど膨らんでいるそこを、優しく撫でてくる。

彼女が心配するほど辛いというわけではないが、ここでロリエに求められている答えは、おそらく――。

「ああ、辛い。だからロリエ……どうにかしてもらえるか？」

「は、はいっ」

ぱあっと明るい笑みを浮かべ、大きく頷く。

どうやら彼女の予想どおりの返事ができたようだ。

「では、失礼いたしますね」

そう言って、不慣れな手つきで俺の腰布を緩め、穿いていたズボンを下ろす。

「……っ」

飛び出すように露出したイチモツを見て、ロリエは息を呑む。

「初めて見るわけでも、触れるわけでもないだろう？」

「は、はい。そうですけれど……」

「余裕がなくて、よく覚えていなかったか？　だったら、じっくりと見るか？」

軽くからかうように言うと、ロリエは無言のままペニスに顔を寄せてくる。

「これがクレインさまの……こんなに大きいのが、わたしの中に入っていたんですね……」

「……ああ、そうなる」

ロリエは手を伸ばしてくると、そっと肉竿に触れる。

小さく、少し冷たく感じる手で握ると、ゆっくりと上下させ始める。

「たしか……こうして……擦ると……」

おそるおそる竿の部分を擦る。だが、やはり男が喜ぶやり方がよくわかっていないようだ。

「……それが習ったやり方なのか？」

「あ……い、いえ。その……クレインさまに、不快な思いをさせてしまいそうで……」

「ほう。どんなことをするように言われたんだ？」

「口に溜めた唾液を、クレインさまのここにかけて、滑りをよくして先の部分を擦る、と」

「たしかにそのほうが気持ちいいだろうな。不快に思ったりしないから、してもらっていいか？」

「え？　あ、はい。わかりました」

唇に指を当てたまま、しばらく。口内に唾液が溜まったようだ。

「ん、あ……」

チンポに顔を寄せると、舌を突き出すようにして口を開く。

桃色の舌を伝い、とろりと唾液が糸を引いて亀頭に滴っていく。あっというまに、肉棒を掴んでいるロリエの手までべっとりと濡れた状態となった。

「これくらい、でしょうか……？」

小首を傾げながら、ロリエはその手を動かし始めた。

ちゅく、くちゅと濡れた音を立てて竿を擦り続ける。

「ふっ、ふっ、ん、んっ」

一所懸命に奉仕をしてくれるのは嬉しいが、残念ながら竿だけをいくら擦られても快感らしい快感はない。

「クレインさま……あの、気持ち良くないでしょうか……？」

顔に出ていたのか、ロリエが申し訳なさそうにしてくる。

彼女は聡明だ。下手な気休めを言っても気付くだろう。

「……気持ちはいいが、少し刺激が弱いな。男が気持ちがいいのは、くびれたところから上の部分や、裏側の筋のあるところ、あとは、袋などもそうだな」

「あ……!?　そういえば、そう教えてもらっていたのを、忘れていました」

「思いだしたのなら、さっそくやってみてもらえるか？」

「は、はい」

竿を握りなおすと、掴んでいる反対側の手の平をぺろりと舐める。

唾液を塗りつけたそこを亀頭に当てると、円を描くように擦り始めた。

「お、おっ……くっ」

「あ……強すぎましたか？」

「い、いや、気持ちが良くて、つい声が出ただけだ」

「気持ち良かったんですね。ふふっ、嬉しいです」

無邪気に言って微笑《わら》うと、ロリエはさらに手を使う。先端を包むようにして、ゆっくりと手首をねじる。

粘膜全体が刺激され、思わず腰が跳ねるほどの快感が背筋を走った。

「んっ、ふ……んっ、クレインさま、何かご希望があれば、言ってくださいね」

竿を支えていた手を上下させ、亀頭を揉むように責められる。

先ほどとは比べものにならないほど気持ちがいい。

相手はプロだとしても、いったいどんなことを習ってきたんだ!? と思わず言いたくなるほどだ。

ロリエの気持ちと努力が嬉しく、しばらくは彼女のすることに任せていたが、このままではすぐにでも達してしまいそうだ。

彼女とこういうことをするのは、まだ数回目だというのに、まったく末恐ろしい成長だ。

先走りと唾液で、十分すぎるほどにペニスは濡れている。

その上、先ほどまでのロリエの愛撫で痛いくらいに勃起し、硬く張り詰めた状態だ。

「はあ、はあ……ロリエ、もう十分だ。そろそろ……キミとしたい」

「あ……」

情けなくも息を荒げながら言うと、ロリエは目を潤ませながら、小さく頷いた。

「あの、では……クレインさま、失礼いたします」

ロリエはおずおずと言うと、俺の腰の上に跨がってくる。

「お、重くないですか？」

聖女であっても自分の体重は気になるのか？

そんなところは普通の女の子らしくて可愛いと思うけれど。

「気になるほどの重さじゃないぞ？」

「気にならない程度には重いんですね……申し訳ありません」

「い、いやっ、羽根のように軽いっ！　乗っているかどうかもわからないくらいだっ」

顔をうつむけているロリエを慰めるように言葉を重ねる。

「ふふっ、ありがとうございます」

堪え切れなかったのか、くすくすと笑っている。

「クレインさま、お優しいんですね」

「……試したのか？」

「嘘ではありません。クレインさまの妻となってから、体つきがその……ふっくらとしてきたのは本当ですから」

恥ずかしげにしている。

「前が痩せすぎだったんだ。今くらいのほうが可愛くて、俺は好きだぞ？」

「あまり甘やかさないでください。クレインさまの隣に相応しくない姿になってしまいます」

「ロリエならば、そんなことにならないと思うが……わかった」

やはり少し気になっているのか、ロリエは俺に重みをかけないように、やや膝立ちになる。

「それでは……ご奉仕させていただきます」

今度こそ、と決意を感じる動きで、ロリエは俺のモノを自分の股間にあてがうと、そのまま腰を下ろしていく。

「ん……ふくっ、ん、あ…………入って、きます……」

ロリエの唾液と俺の先走りが潤滑油となって、初めてのときほどの抵抗はなく、飲み込まれていく。

「はっ、はっ……奥まで、全部……んんんっ」

俺の胸に手を置き、はあはあと息を乱している。

熱く潤んだ肉壺に俺のものが包まれ、締めつけられるのを感じる。

「ん……クレインさまので……わたしの中、いっぱいに満たされています……」

自分の下腹部に手を添え、ロリエは幸せそう微笑う。

「痛みは平気か？」

「はい。初めてのときのような痛みは、もうありません」

「少しは痛みがあるってことだな？」

「あ……!?　で、でも、我慢できるくらいですし、それに――」

慌てたように両手を振りながら話していたロリエが口を噤んだ。

「それに？」

「…………言わなくては、いけませんか？」

「言いたくないのなら、無理には聞かないが……できれば聞かせてほしい」

「……クレインさまに、愛されていることが夢でないのだとわかるので……痛みも、嬉しい……です」

目を伏せ、視線を逸らし、恥ずかしげに小さな声で答える。

そんな可愛らしいことを言われて、俺が何も感じないとでも思っているのだろうか？

「だったら……ロリエがもう夢だなんて思わないくらいに、しっかりと心と体に、俺のことを刻もう」

「え……？」

彼女の太ももを撫であげ、まだまだ細くくびれた腰をしっかりと掴む。これなら体型なんて、気にする必要はまったくなさそうだ。

「あ、あのっ、クレインさ……あっ、んあああっ!?」

戸惑っている彼女の膣奥を、ずんっと強く突き上げる。

いきなりの刺激に、ロリエが可愛らしい悲鳴を上げる。

「ま、待ってくださいっ。今日はわたしがご奉仕を……あっ、あっ、そんなに、されたら……あっ、んあっ♥　クレインさまに、できなくなります……んんっ♥」

「俺のすることを受け入れるのは、ご奉仕、奉仕にならないのか？」

問いかけながらも腰を止めない。

ロリエは気にしていたが、やはり軽い。彼女の体は俺の動きに合わせ、踊るように上下する。

「お、お姉さまたちは……クレインさまが、何もしなくて……んっ、達するようにするのが、ご奉仕だと……あっ、あっ」

「たしかに……そうなのかもしれないな」

「で、ですので、少し……お待ちください……あっ、あっ♥　お願い、しますっ、わたしが、します、しますからぁ……♥」

ロリエは楚々とした顔を淫らに緩め、訴えてくる。

本人は自分がどれほど、男をそそらせる表情をしているのか自覚していないのだろう。

「……わかった」

可愛い妻の願いだ。受け入れるのが夫の度量というものだろう。

「はあ、は……あ、ふ……♥　はっ、はっ……ふぅ、ふぅ……」

ゆっくりと息を整えていく。

「今度こそ……わたしに全て身を委ねてください」

そう言って、ロリエは前倒しになると、顔を寄せてちゅっとキスをしてくる。

おそらく、教えられた行為なのだろうが、普段清楚なロリエの浮かべる艶やかな笑みに、俺は縫《ぬ》い止められたように動けなくなる。

「ん……は……んっ、んっ……んふっ、う、く……んっ、ん……あ……」

尻を上げて、下ろす。ゆっくりと、確かめるような動きをくり返し、少しずつ速さを増していく。

「んはぁっ♥　あっ、クレインさまぁ、んぅっ！」

恥ずかしがりつつも、しっかりと肉棒を咥えこんでいる。

初めてのときよりも膣道は硬さが消え、包みこむようにチンポを締めつけてくる。

「んはぁっ♥　あっ、ん、ふぅっ……あ、んっ、クレインさまのが……お腹の中で、動いてるのを……感じます……んんんっ♥」

恥ずかしがりながらも腰を振っていくロリエは、とてもかわいらしい。

俺はそんな彼女を見上げながら、身を任せていった。

「あぁっ……わたし、ん、あうぅっ……わたし、クレインさまと、こうすること、好きです……体、全部でクレインさまを感じることができて……んあっ！　あ、は……んあぁあっ、あふっ♥」

聖女として、おしとやかで穏やか……そんなイメージのある彼女が、俺の上で淫らに腰を振っている。

痛みはすっかりなくなっているようで、動くたびに快感の声は大きくなり、結合部がますます潤いを増してくる。

「はあ、はあ……クレインさま……んっ、んっ、クレインさま、どうですか？　わたしの、ここ……んっ、気持ち、いいですか？」

「ああ、すごく気持ちいい……」

「うれしっ、です……んあっ、あっ♥　あ、は……んんんっ」

俺の返事が嬉しかったのか、おまんこがきゅっと収縮する。

熱く濡れた襞《ひだ》と亀頭の擦れる面積が増え、動くときの抵抗が増し、それがより強い刺激を生み出す。

「んっ、あああっ♥　んっ、こうすると……気持ち、いいです……あっ♥　んああっ♥」

腰だけでなく全身を上下させるたびに、豊かな乳房がたぷたぷと踊る。

見上げているだけでも目に楽しいが、手を伸ばしてその柔らかな双丘に触れる。

「ふぁっ♥　あ、あっ、おっぱい……そんな、弄ったら……んっ、あっ」

「だめか？　こんなに魅力的な胸を前に、何もするなというのは酷《こく》というものだぞ？」

「んっ、いいです……クレインさまの、お好きになさってください……あっ♥」

許可が出たので、俺は遠慮なく彼女の双丘の感触を味わう。

手の平全体を使って双丘を捏ねながら、乳輪の縁をなぞるように指を這わせていく。

「ん、おっぱい、そんなふうにされると……くすぐったいのが……んっ、ぞくぞくって……おっぱい、どうしてこんなに……んっ、ふっ♥」

「ここも、自分で弄ったりしたことはなかったのか？」

「そういうことは、してはいけないことだと……あっ、んっ、教えられて……あっ、あっ♥」

「そうなのか。じゃあ、こんなふうにしたこともないのか？」

すっかり勃起している乳首を、押し込みながら手を左右に震わせる。

指の腹で乳首をクニクニと転がすようにすると、ロリエはゾクゾクと背筋を震わせる。

「あっ♥　な、ないですっ、自分でこんなこと、したことありませ……はっ、んんあぁぁっ♥」

ロリエは快感にすっかりと蕩けている。

無意識なのか、それとも女性の本能なのか、より深い快感を求めるように自ら腰を回し、上下に踊らせる。

「んあっ♥　はっ、はっ、んあぁぁっ♥　あ、あ、クレインさま……わ、わたし……また、変に、変になっちゃいます……んんっ」

淫らに乱れている彼女の姿が、甘く切なげな声が俺を興奮させる。

熱い肉壺の中をペニスがより深く、激しく行き来する。

「あーっ、あっ♥ あ、クレインさま、擦れると、変な感じ……どんどん、気持ち良くなって……んっ♥ あ、わたし、とまらない……気持ち良くて、とまらないんですぅ……！」

ロリエは戸惑いながらも、絶頂へ向かっているのだろう。

「ロリエ、とまる必要なんてないんだ！ 好きなようにしていい。自分のしたいようにしていいんだっ」

気付けば、ロリエの動きに合わせて自分でも腰を振っていた。

結合部からとろとろと溢れてくる愛液は白く濁り、泡立ち、淫音を立てて糸を引く。

「あっ、あっ、も……な、なにか……きます……なにも、考えられなくなるの、きちゃいます……！」

「いいぞ。そのまま……受け入れるんだっ」

ガクガクと全身を震わせながら、ロリエが訴える。

彼女をそのまま高みへと押し上げるように、俺は背中を反らす。

ずんっと、ロリエの体の奥を、その体が浮くほど強く突き上げる。

「ひぃ、んぐ!? あ……………！」

ぐうっと背中をのけぞらせたかと思うと、ロリエの膣が肉棒を絞《しぼ》るように収縮する。

「く……！ ロリエっ!!」

びゅるるるるっ！ びゅくっ、どぴゅうっ！

「ふあっ!?　あ、あ、あ、あ、あ……クレインさ……まぁ……」

腰が跳ねた。そして――。

「あああああああああああああああああああああっ!!」

目を見開き、口を大きくあけ、悲鳴じみた喘ぎ声をあげながら、ロリエが全身を波打たせる。

「あ、ああぁ……！　あ、ひゃ……しゅご……しゅごい、れす……あ、ああああぁ……」

耐えきれないとばかりに震えた後で、ロリエは脱力すると俺の胸へと倒れこんでくる。

「あ、は…………あ、ああぁ…………あ、んふ……」

ロリエを受け止め、抱き締める。絶頂の余韻が抜けるまでの間、俺たちはずっとそうやってただ、お互いのことだけを感じ続けていた。


行為の最中の積極さが消えたように、ロリエはいま、羞恥に震えている。

「あ、あんなにはしたないことを……してしまうなんて……クレインさま、申し訳ありません……！」

「前にも言っただろ？　ロリエが俺の手で感じる姿を見るのは嬉しいと、それに積極的に責められるのだって……なかなか悪くなかったぞ」

「そ、そうなんですか……？」

きょとんとした顔をしている。

ロリエほどの美少女に、あんなふうに求められて嫌がる男がいるだろうか？

「お礼にと、教わったことなんだろう？」

「は、はい。それもありますけれど……あっ!?」

「ほう……もしかして、それ以外にも、あの知識の源となったものがあるのか？」

「そ、それは……」

「聞かせてもらえるか？」

「……施設、いえ――修道院で暮らしているときに、先輩にお話を聞かせていただいて……」

「なるほど。たしかに修道院には色々なな人間が集まるだろうな」

施設の外に出ても仕事はない。おそらくは、身を売っている姉代りの存在がいたのかもしれない。

ほかにも、親が問題を起こしたり、権力争いに負けた貴族の妻や娘は修道院へ送られることがある。おそらく、俺が知らないような経験をしている人間も、少なくないのだろう。

「話を……たくさん……色々と聞かせていただいたので……」

ロリエが純潔だったのは間違いない。だが、望む、望まないにかかわらず、知識を蓄えることができる環境だったというわけか。

どうやら、まだ俺としていないような色々なことも〝教わって〟いるようだな。

今後、ロリエと夜を過ごすときの楽しみが増えた。

「ならば、これからは他のこともふたりで、試していくことにしようか」

「…………は、はい……」

耳元で囁くように告げると、ロリエはこれ以上ないくらいに顔を赤くしながら小さく頷いた。

第二章　ケモミミ妻との子作り関係

貴族同士の政略結婚ともなれば、場合によっては結婚式が初顔合わせとなることも珍しくはない。

事実、俺とロリエの結婚も、ほとんどそうだった。

王にそう命じられる前日まで、俺は彼女のことは名前くらいしか知らなかった。

その上、家や派閥、規模が大きくなれば国同士の利益が絡む。

そうなれば個人的な感情などは二の次、三の次だ。

たとえ憎しみ合っていても、貴族には、血を受け継ぐ子を成す必要があるのだ。

だから跡継ぎが生まれた後は、会話どころか会うことさえ稀《まれ》な夫婦も珍しくはない。

結果的には杞憂だったが、最悪、俺もそのような夫婦生活をする覚悟はしていた。

もしそうなっても、できるだけ仲良くしていきたいとは思っていたが。

第七王子としての王家での役割は、政略結婚なのだから。

幸いにも、ロリエとは仲良くやっていけると思う。

だからこそ円満な夫婦関係の維持が重要だと理由をつけ、俺は暇があればロリエに会いに行くようにしている。

……本当の理由は、ただ彼女に会いたいからなのだが。

とはいえこの離宮では、ロリエの部屋に顔を出すのも、ちゃんとした作法に乗っ取ってやると面倒が多い。

侍女に伝え、妻の都合を聞き、顔を会わすために先触れを出す。

陛下や兄たちのような国の中心人物ならばしかたないだろうが、俺は第七王子だ。

そんなことをするほどではないし、ロリエも貴族的な生活には馴染まないと言っていた。

妻に会うのに、どうして何人もの相手を間に介さなければならないのか。

だから俺は、ふたりが暮らすこの離宮においては、そんな慣例を排することにした。

俺からだけでなく、ロリエにも俺に会いたいときはいつでも来てほしいと伝えてある。

その結果、王族らしくはないが、昼夜にとらわれずに俺とロリエは一緒に過ごすことが多くなった。

まるで平民の夫婦のようだと、やや敵対的な貴族や、五男や六男の兄たちに眉をしかめられているとは聞いている。

もっとも、そんなことを気にするつもりはない。俺たちには俺たちの暮らしがあるのだ。

「あの、クレインさま？　どうなさったんですか？」

昼を少し回った時間。

離宮の庭で昼食を終え、今は彼女のお気に入りの紅茶と合わせて、元住んでいた修道院の傍で採れる蜂蜜をたっぷりと使ったパンケーキを食べている。

「ああ、おいしそうに食べているなと思ってね」

「はい。とっても美味しいです……♪」

ロリエはパンケーキを一口食べては、幸せそうに笑みを浮かべている。

……紅茶も蜂蜜も、高価ではない。庶民でも少し背伸びをすれば、手に入るような金額だ。

彼女が望むのならば、もっと良いものだって用意できる。だが、ロリエは必要以上の贅沢を望まなかった。

日々の糧《かて》を得て、その上でさらに甘い物を食べることができるということが、どれほど幸せなことなのかと、熱心に話をされたことがある。

とはいえ、愛する妻を少しばかり甘やかしたところで、神もお怒りにはならないだろう。

「もういいのか？　お代わりは？」

「そ、それは……」

ロリエの希望で、パンケーキは小さめに作ってもらっている。俺ならば、二口で食べ終えてしまうような量だ。

「下位ではあるけれど王子の妻ならば、そのくらいは贅沢とは言われないと思うが……」

「それもありますが、これ以上、美味しいものを食べては……その、お腹や、二の腕も気になりますし……」

「俺としては触り心地もよいので、今のままか、少し太るくらいでもいいと思うけどな」

心優しく、恥ずかしがりで、甘い物が好きで、食べ過ぎてしまったときはお腹や腕がぽよんっとするのを気にしたりもする。

そんなところも可愛いし、好ましいと思う。

「……クレインさま、それは優しさではありません」

「お、おう。そうか」

昔、似たようなことを姉たちに対して口にしたときのことを思い出した。これ以上、触れないほうがよいと何かが囁いている。

「わかった。じゃあ、今日はこれくらいにしておこう」

「う……は、はい」

少しばかりの未練を見せながらも、ロリエは頷いた。

「それで、午後はいつもどおりでいいのか？」

「クレインさまのご予定はいかがでしょうか？」

「仕事はもう終わらせたから、問題ない。一緒に行けるよ」

「ありがとうございます」

近頃はロリエと共に街へ下りることも増えた。

最初のころはうるさく言っていた周りも、最近は諦めて静かになったようだ。

表だってついてくるのは、ミーントだけ。あとは〝影〟が数人はいるとは思うけれど、それだけだ。

俺も、子供のころからそれなりに鍛えているし、『聖女』と呼ばれているロリエに危害を加えようとするやつがいても、周りが許さない。

彼女は、老若男女、身分にかかわらず、他の人の幸せを共に喜び、哀しみに寄り添い、苦しんでいれば手を差し伸べる。

まさに『聖女』と呼ぶに相応しい。

だが、彼女の持つ『力』は、一時的に女神に借り受けているものだ。

俺の妻となり、子を成すことで『聖女』でなくなることは、皆も知っている。

それでも、彼女を神聖視している人間も多い。

そして、そんな彼女の夫となった俺は、ただの第七王子だったころよりも、周りに注目されることになった。

ロリエとの仲が睦まじいほど。彼女とふたりで過ごす時間が重なるほどに……だ。

とはいえ、それは市井でのこと。権力とは関係がない。

それをわかっているから、貴族たちの態度も変わることもない。

これからもふたりで、こうしてのんびり過ごしていければいい。

そんなことを考えていたが、俺の立場がそれを許してくれることはなかった。


身嗜みを整えられ、馬車に放りこまれてやってきた王宮。

歩きなれた廊下を急ぎ足で進み、いくつかの角を曲がる。

呼び出されたのは私室でも、高位貴族が会議をする部屋でもなく、謁見の間だった。

……あれ、前にも似たようなことがあったたな。

嫌な予感がひしひしとしていたのだが、父親としてならば別だが、国王陛下としての呼び出しを無視することはできない。

入り口の兵士が俺の訪れを告げて、扉を開く。

……前のときと同じように、かなりの数の貴族が立ち並んでいた。

目を伏せ、軽く頭を下げたまま謁見の間を進み、王から数歩離れたところで立ち止まる。

「クレイン、陛下の御前に参りました」

胸に手を当て、軽く頭を下げて一礼をする。以前は跪《ひざまず》いていたが、いくら公式の場であっても王族同士なのだから、へりくだり過ぎるのもよくないと言われたからだ。

「『聖女』との関係は、うまくいっているようだな」

「はっ」

「ふむ。どのように過ごしているのか、聞かせてもらえるか？」

「かしこまりました」

俺は事実だけを――だが、聞いたやつらが砂糖を吐きそうな話をいくつか並べていく。

「……そうか。ならば子ができるのも、そう遠くはなさそうだな」

「はい。そうあってほしいと願っております」

親子ではなく、王と臣下としての会話はここまでだ。

ロリエとの夫婦生活について知りたいのならば、プライベートな会話ができる場を用意し、そこで親子として聞けばいい。

わざわざこのような状況で、俺とロリエの夫婦生活について問うてくるのは——つまり、そういうことだろう。

「さて、クレインよ。お前には、もうひとり、妻を娶ってもらうこととなった」

「はっ」

……やはりそうか。政治的に必要だと判断をした結果だろう。それはかまわないけれど、相手は誰だ？

ロリエに対して身分を振りかざしたり、危害を加えるような高位貴族でないといいんだけれど。

「我が国の南側にある大平原を中心とした国——いや、獣人たちの連合があるのは知っているな？」

「はい。それぞれの種族の族長が、持ち回りで盟主をやっているとか」

「今の盟主は狼族だ。その娘との婚姻の許可を得てくるように」

許可を得てくる？

こちらから申し入れた形なんだろうか？　あとで詳しい話を聞く必要がありそうだ。

謁見の間を辞して、近くにある王族が使用する部屋でしばらく待っていると、前と同じように宰相がやってきた。

「お待たせいたしました、クレイン様」

「気にすることはない。宰相は私と比べものにならないほど忙しいだろうからな」

「お気遣い、ありがとうございます」

「それで、謁見の間でロリエとの暮らしについてやり取りをしたのは、神王国に対しての牽制か何かか？」

「さすがでございますね。その通りです」

あの貴族たちの中にも熱心な信者はいるし、裏で情報を流しているやつもいるのだろう。

あえて放置しておいて、情報のコントロールをしているのだと思っている。

「十分だったか？」

「はい。十分でございます……過分なほどに」

宰相が苦笑気味に答える。

どうやら、多少、惚気《のろけ》すぎたかもしれないな。

「そこは諦めてくれ。私はロリエを愛しているからな」

これでロリエの扱いが悪いとか言って、余計な横槍を入れてくるようなやつがいたとしても、牽制になっただろう。

「で、次の相手について教えてもらおうか」

「はっ、ロリエ様との婚姻により、ナジュース王国と神王国の繋がりがより強固となりました。ですが、そのことを歓迎する者だけではございません」

「……そうだろうな。で、どうしてそれが私と獣人連合の盟主の娘との婚姻になるのだ？」

「獣人を人より低く見る者も少なくありません」

「そうか……。私とその獣人の妻との関係が上手くいかなければ、南に不安を抱えることになる。そのことが、この婚姻を先導する者の狙いか？」

「おそらくは帝国に近しい者たちの謀《はかりごと》かと思われます。神王国と我が国の絆が深まることを危惧しておるのでしょう」

「……だろうな」

第七王子が誰と結婚したところで、大した影響力はない。

そのはずだったが、ロリエは本物の『聖女』だった。この国にとって良い影響を与え始めている。

ナジュース王国が神王国とあまり近づくのを、見過ごすわけにはいかないのだろう。

もっとも、ロリエが神王国において酷い扱いを受けていたので、俺個人としては、あんな国などどうなっても知らんというのが本音だが。

「わかった。細かいことはどうせ資料にまとめてあるのだろう？」

「はい。こちらに」

さすがの有能さだ。

「では、最後に一つ。陛下の仰っていた許可を得るというのは、どういう意味だ？」

「はい。獣人族、その中でも狼族は特に力を尊びます。ですので――」

呼びだしから戻り、次の妻についての資料をしっかりと読み込む。

気付けば、ちょうど午後のお茶の時間だ。

今日はロリエも城下町へ下りてはいないはず。だとしたら、いつもの場所にいるだろうか。

俺は動きやすいシンプルな服に着替えると、中庭へと向かった。

気持ちのよい晴天の中、柔らかく日射しを遮っている東屋《ガゼボ》に、ロリエの姿があった。

「ロリエっ」

「クレインさまっ」

俺は早足で、彼女のもとへと駆け寄る。

彼女をそっと抱き寄せると、落ちつくような癒やされるような、優しい香りに包まれる。

「あ、あの、クレインさま？」

いつもと俺の態度が違うことに気付いたのか、ロリエは軽く戸惑っているようだ。

……ここならば、周りから見られることもない。

彼女の頬に手を添えると、指先でやわらかな唇に触れる。

「あ……クレインさま……」

ロリエがゆっくりと目を閉じ、顎を軽く上げる。

「ん、はむ、ちゅ……んっ、ちゅ、ちゅむ、ちゅ……んんっ♥」

唇を触れ合わせ、舌先を戯れさせる。ゆっくりと擦り合わせ、絡め合った。

じっくりと、たっぷりと、ロリエとのキスを味わう。

「ん、ふぁ……はっ、はあ……クレインさま、何かあったんですね？」

目尻をとろりとさせながらも、ロリエは俺を気遣うように聞いてくる。

「……すまない、ロリエ。もうひとり、妻を娶ることになった」

「わかりました。どのような方でしょうか？」

「……いいのか？」

あっさりと認められたことに、かえって驚いてしまう。

もしかしたら、俺が思っているほどロリエは俺のことを――。

「わたしのときと同じように、クレインさまにとって――この国に必要な婚姻なんですよね？」

「……そうなる」

「わたしはクレインさまを、お慕いしています。この気持ちは変わりません」

「俺もロリエを愛している」

彼女の気持ちが嬉しく、俺は笑顔で告げる。

「きっと……」

「うん？」

「きっと、次の方もクレインさまのことを好きになります。そうなれば、仲良くできると思いますから」

俺のことを少し買いかぶっているとは思う。でも、ロリエにそう言ってもらえるのならば、そうなるように努力が必要だ。

特に次の相手は、ただ迎えに行けばよいという相手ではない。

「ありがとう、ロリエ。出発は三日後だ。それまでは、できるだけ一緒に過ごしたい」

腰に手を回して彼女を抱き寄せると、再びキスを交わした。


ナジュース王国王都から、獣人連合の今の首都――ジンレまでは馬車で一週間ほどの旅となる。

途中でいくつかの町や村を経由し、最後は見渡す限りの草原を馬に乗って丸一日。

「クレイン様、見えてきました」

「そうみたいだな」

石ではなく、布を組み合わせて作りあげたテントのような家が、大きな壁に囲まれた街の周りにいくつも並んでいる。

帝国とも、王国とも違う、不思議な光景だ。

狼族は主に狩猟をメインとしていたが、羊の放牧を行うことで、安定した収入を得るようになったという。

その最も大きな取引先がナジュース王国であり、お互いに関係を強化したいという考えから、今回の婚姻へと繋がったようだ。

獣人族では、数年単位で盟主が変わる。俺の妻になるというシャフランも現在は盟主の娘だが、近いうちに領主の娘へと地位が下がることが確定している。

そんな相手だからこそ、第七王子である俺が相手のほうが、連合にも都合が良いのだろう。

もちろん、王国内には人類純潔主義ともいえる、獣人や亜人を見下し、嫌悪する一派もある。

当然、俺に偏見はない。この婚姻はそんな派閥への、楔《くさび》としての意味もあるのだろう。

「さて、鬼が出るか蛇が出るか。覚悟を決めて行くとしよう」

わずかな家臣と共に、俺は獣人連合の首都であるジンレへと向かった。


盟主との謁見の場には、さまざまな獣人族の領主が集まっていた。

その中でもひときわ目を引くのは、やはり盟主である狼族だ。

祖先の血が色濃く出ているのだろう。長く突き出た鼻先、大きな口に並ぶ、鋭い牙。体を覆う、銀に近い色の長い毛。

まさに、伝承に聞く狼人間という感じだ。

だとすると、娘——俺の結婚相手も同じような感じだろうか？

人との交配は可能だが、獣人の血が濃くなるほどに子供が作りにくくなるという話を聞いたことがある。

「よく来たな。ナジュースの王の息子よ」

ずんっと腹に響くような、重く威厳のある声にやや気圧されながらも、それを抑えこんで応える。

「狼族族長。獣人連合盟主、レンジ様。ナジュース王国第七王子、クレイン・ナジュースです。このたびは——」

「長々とした口上は不要だ。ナジュースの王子よ」

「はっ、では。私のことはクレインと」

「クレインよ、此度《こたび》は我々の娘を妻に望んでいるとのこと、真《まこと》であろうか？」

「はい。我が妻として迎えたく思います」

俺の周りを取り巻く空気が、鋭さを増したように感じる。

「それは、いかなる理由で？」

「我が国と、獣人連合との平和のために」

「……ふむ」

じっと俺を睨み――いや、見つめてくる。

「まあ、よい。我が娘、シャフランを娶るのならば、力を示してもらおう」

やはり来たか。

獣人族では、結婚するためには、妻となる相手の家族に「男」として認められなくてはならない。しかも、今回は盟主の娘が相手だ。ただ力を見せるだけでは不足だ。一流の戦士たる力の証と、その気概を見せる必要がある。

獣人はその体に流れる血ではなく、純粋に力ある者こそを尊ぶからだ。

帝国も王国も、彼らと一定の距離を置いてきたのは、差別的な感情以外に、その考え方の違いもあったのだろう。

「わかりました。では、どのように力を示せばいいでしょう？」

獣人の基本能力は人族を上回る。正面からの戦闘だと、正直に言えば、ちょっと厳しい。

だが、婚姻においての作法は違ったはずだ。

「ダンジョンの踏破だ」

「……ダンジョン？　どこのでしょう？」

「ジンレより西に半日ほど先にある、試しのダンジョンだ」

……よかった、資料に書いてあった場所だ。

「わかりました。では、さっそく向かいます」

「今からか？　歓迎の宴の用意をさせるが？」

「それは、私が力を示してからにしてください。ふがいない男であっては、歓迎もできないでしょう」

「くっくっく。なるほど。それもそうだな。では、期限は一週間だ。しかとその力を、示してみよ」


それから五日後。

試練のダンジョンをクリアーし、俺は再びレンジ殿に会いに戻って来ていた。

「……まさか五日で終えるとはな。思っていた以上のようだ。我ら獣人連合は、クレインを新しい戦士として迎えよう。そして、我が娘であるシャフランとの婚姻を認める」

「ありがたく存じます」

胸に手を当て、礼を取る。

「お前は今日からシャフランの夫であり、我が息子だ。そのような堅苦しい口調はやめよ」

「……わかった。では、義父どのを相手にはそうさせてもらおう」

「そうだ、それでいい」

口の端を――いや、大きな口を開ける。

盟主――義父と呼ぶべきか――が宣言すると、獣人たちは声を挙げ、武具を打ち鳴らし、足踏みをする。

「シャフランをここへ！」

どうやら、やっと俺の妻となる相手と会えるようだ。

呼ばれて入って来たのは、予想していたような姿の女性ではなかった。

義父殿とは似ても似つかない、可愛らしい姿をした女の子だ。

頭の上には狼の耳が、腰の後ろには尻尾が生えている。しかし、それ以外の部分は人に近い。いや、言い換えよう。しなやかで美しい女性だった。

「狼族、レンジが娘。シャフランだ。あなたがクレイン殿か。ふつつか者だが、よろしく頼む」

「こちらこそ、よろしく頼むよ」

「我が娘の結婚と、ナジュース王国との同盟が成ったためでたき日だ。皆の者、今宵は多いに飲み、食い、歌い、騒げ！」

義父殿が宣言するかのように告げると、あっという間に大宴会が始まったのだった。

「ふう……」

薦められるままに酒を飲み、飯を食う。

だがやはり、さすがに獣人族ほどは飲めないし、食べられなかった。

俺は自分とシャフランに宛がわれた部屋で、やっと一息ついていた。

「抜け出したりして、どうしたんだ、クレイン殿」

「……シャフランこそ、どうしてここに？」

「妻となったボクを置いて、旦那様がひとりでいなくなったんだ。気になって追いかけるのは当然だろう？」

「義父殿には伝えておいたんだがな……」

「父様は細かいことは気にしないからね」

苦笑しながら、シャフランは俺の隣に腰を下ろす。話し方が少し砕けているが、どちらが本来のシャフランなんだろうか？　いや、どちらも彼女なのだろう。

「それで、今日は何の日なのか、わかっているのかい？」

「ああ、もちろん」

「良かった。てっきり、ボクには興味がないのかと思っていたよ」

「そんなことはない。けれど、まだ会って数時間だ。お互いを知ってからのほうがよくないか？」

「あの試練のダンジョンをわずか五日で踏破し、父様に認められた。それだけでボクには十分だけどね。あえて言うのなら――あとは、オスとしての魅力と能力は確かめたいけれど」

「え……？」

どういう意味だ？　と聞き返す前に、シャフランが動いた。

ごく自然に俺の首に腕を回すと、顔を寄せてくる。

「……クレイン殿っ、失礼するっ……んむっ！」

「むぷっ!?」

何故か謝ってきたと思ったら、急にシャフランの唇が俺の口をふさいできた。

「んっ、んぅ……」

目をぎゅっとつぶり、唇を突き出すようにしてくっつけてくる。

確かにキスと言えばキスだが……少し刺激が足りない。

「んんっ、はあぁ、はあぁ……ど、どうだろうか？　んぅ……ヒト族の交尾はまず、こうするのが礼儀だと聞いたのだが……」

「なるほど……そういうことか……」

どうやら、初めてだったらしい。

「礼儀というか……確かに雰囲気を出すのには良いとは思うが、この先はどうするか知ってるのかい？」

「一通り、聞いてはいる。しかし個人によって、好みが違ったりするのだろう？　だから、この後はクレイン殿に任せようかと……」

つまり丸投げらしい。

とはいえ、何も知らない生娘ならば、そのほうが俺としては楽ではある。

「任せてくれるのなら、ぜひイロイロとしたいと思うけれど、いいかな？　シャフラン」

「う、うん。よろしく頼むよ。ボクはもう、妻だからね」

少し緊張した面持ちで頭を下げてくる。

あらためて眺めてみると、すらっとした引き締まった身体でありつつ、出るところはしっかり出ている。耳のせいかとても愛らしい顔つきなので、そこも魅力的だった。

一見すると、獣人らしく強さを求めるがゆえに荒っぽい性格なのかと思ったが、こういうところは素直で可愛いと思う。

「ともかく、あまり緊張しないで。リラックスしよう」

「あ……そ、そうだな……」

もう一度きちんと向き直って、肩をほぐすように軽く揉む。

「じゃあ、まずはきちんとしたキスを教えよう。瞳を閉じて……んっ……」

「んむっ!?　んくっ、んんぅ……」

再び、強く目を閉じるシャフランの唇を、優しく塞ぐ。

先ほどと違い、触れ合わせるだけでなく唇を開かせ、舌先をゆっくりと、ねじ込むようにして差し入れていく。

「ちゅふっ、んんぅっ!?　く、クレイン殿っ、舌が……。ん、んむぅっ！　んむぅっ、んくぅうぅ……っ!?」

かなり驚いたのだろう。シャフランは目を丸くしている。

俺はそれを無視して、彼女の口内を味わうように深くキスをし続ける。

「んくっ、はぷっ、ちゅふぅ……んるっ、れるっ、ちゅふっ、んあぁ……んんぅっ……」

段々と口内の刺激が快感へと変わっていっているのか、漏らす吐息に熱がこもってきた。

「んっ……っと。まあ、こんなものかな」

「んはあぁ……はあっ、んんぅ……なんてことだ……舌が入ってきてしまっただけなのに、とても心地よくなってしまうとは……」

「ははっ、そう。これが本当のキスだよ」

「んんぅ……なるほど……これは確かに、交尾の前にするとよさそうだ……あんぅ……何度もしたくなるじゃないか……ふふふ……」

身体の緊張もほぐれてきたのか、表情がとても穏やかになり、艶も出てきた。

「ん……クレイン殿、もう一度……」

「ああ。もちろん……んっ……」

「ちゅむぅ……んちゅるっ、んるぅ……ちゅぱっ、んはあぁ……あんんぅ……ちゅふっ、んりゅっ……♥」

せがまれてもう一度舌を入れると、今度はシャフランのほうから、積極的に絡ませてきた。

かなり気に入ったようだ。

「んはあぁ……なんだか頭の芯の辺りが、ぼーっとしてくるような感じだ……んちゅっ、んふぅ……んんぅっ♥」

基本的に、あまりこういうことには反応を示さないかと思っていたが、意外と感度もよいようだ。

「んちゅふぅ……んるぅんっ!? んはっ、んっ、今度はなにを……？」

「キスの次にすることだよ」

「な、なるほど、次か……それならこの手も仕方ない……あうっ、んんんぅ……んはぁっ……♥」

そのまま、軽く胸を揉み、愛撫していく。

「おお……なかなかの触り心地だね」

「あんんぅ……そうなのか？ んぅ……ボクにはよくわからないけど……あうっ、はんぅ……」

手の平に収まりきれない膨らみは、獣人とはいえ、ヒトと同じくらいに柔らかく感触も抜群によかった。

見た目からも想像できたが、やはりかなりの大きさだ。

しかし、残念ながらロリエには負けると思われる。

「ふふ……さすが俺の妻だな。うん」

「んっ、はあぁ……んんぅ？ なにか言っただろうか？ 妻がどうとか……」

「こんなに素晴らしく均整のとれたシャフランが、俺の妻になってくれるのは嬉しいと言ったんだよ」

「そうなのか？　ボクはもう少し筋力がついているほうが、美しいと思うのだが……」

とは言いつつも、あながち悪い気はしてないようだ。

「まあ、好みの問題じゃないかな。それより胸のほうはどうかな？」

「んんぅ……これは……なかなかくすぐったいが、それだけとは違う感じもする。はあっ、んぅ……こう、胸の奥のほうから熱いのが広がって、全身が温かくなってきている……あんんぅ……」

しばらく揉んでいると、接している指から体温が上がっているのが伝わってきているし、乳首もツンと立ってきた。

よく感じてくれているようだ。

「んあぁんっ!?　あっ……くぅ……な、なんだか変な声が出てしまう……クレイン殿、これはいったい……」

「気持ち良くなってきてくれていると思うんだけど……シャフランはひとりでしたことはないのか？自分の手で揉んでみたりとか」

「んぅ……そんなことはないな……んくっ、はあぁ……」

「だと思ったよ」

そもそも獣人社会の中でもお嬢様の地位なので、あまり知識に触れる機会もないのだろう。

身体を鍛えて強くなることが重要視されるので、そういうことに興味がなかったのかもしれない。

「そもそも、獣人同士だとこういうことをする場合、礼儀としては、どうするんだ？」

「あっ、はんぅ……ニオイを嗅ぎ合って、発情してたらそのままだな。ただ、ボクはボクより強いオスでないと、そういう気持ちにはならないが……んんぅ……」

「……俺はいいのか？」

「あの試練は乗り越えたのだから、弱くはないだろう？　んんっ、はんぅ……それにこれはお互いに必要なことだからな……」

つまりは今はまだ、あまり良いニオイのしないオスであっても、家のために身を捧げるということなんだろう。

「……まあ、政略結婚だということはわかっているけどね……。でもそれだけっていうのは、やっぱりちょっと寂しいじゃないか。ということで、後ろを向いてくれ」

「んんんぅっ!?　え？　クレイン殿？　あうっ……」

胸の愛撫はこれくらいにしておいて、戸惑っているシャフランのお尻を強引に掴んで、こちらに向けさせた。

「こ、これはいったい、なにをしようと……？」

「それはもちろん。シャフランが発情しているか、俺も試してみようかと……くんくん……」

「なっ!?　ななっ!?」

とりあえず、どう嗅げばいいのかわからないので、割れ目を広げて近づいてみる。

「ふむ……なんだろう？　別にそこまでのニオイはしないような……」

「あうっ!?　う、うむ……試してみるのはよいと思う……。んんぅ……クレイン殿はボクの夫になる人だし……くっ、ううぅ……し、しかし実際されると、少し恥ずかしく思うんだな……んくっ、あうぅ……」

「そうか、やったことがないんだったな」

「いや、そうではなく……ここまできちんと嗅ぐようなことは、ボクたちはしないんだ……」

「……そうなのか？」

「ボクたちは去り際の残り香を軽く嗅ぐ感じで分かるし……んぅ……そこで自分と相性が良ければ、こういう気分になるるのではないだろうか……？」

「なんだか、礼儀ってわりには、あやふやだな」

「ボ、ボクだって聞いた話だ。んんぅ……したことがないから、正しいか、わからないんだ……あうぅ……」

そう言いながら、耳まで真っ赤になっている。

やはり女の子としては、お尻を見られるのは恥ずかしいんだろう。

俺の視線から逃れようと、軽く身を捩《よじ》って抵抗してくる。

だが、尻尾のせいだろうか？　その反応が、逆にとても可愛い。

「ほほう、なるほど……しかし、よくわからないな。もっと近くで嗅いだほうがいいのかな？　くんっ、くんっ！」

「ひうっ!?　そ、そんなに広げなくても……うっ……しかも今更だが、人間にはボクたちが発情しているかはわからないと聞いたことがあるのだが……」

「まあ、俺たちにはそういう習慣はないからな」

「そ、それじゃあ、これはあまり意味はないのではないかっ!?」

「ニオイでは確かに……でも見た目はよく分かるぞ」

すでに顔に感じている股間の熱気。

その元を確かめるように、股間の布地をずらすと、きれいに閉じていた秘裂を指でなぞる。

「え？　ふあぁんっ!?」

ブルブルと全身を震わせ、シャフランが妙に色っぽい声を出した。

「あうっ!?　い、今なんて声を……んんぅ……」

可愛い声だった。それにここも熱くなって、膨らんで赤くなってきてるぞ。これはもう……発情してるってことだな？」

それを確かめるべく、指先でくすぐるようにして膣口を少しずつ開いていく。

「んあっ、やっ、あっ、やうぅ……はあっ、ああっ！　んんぅ……そこを触られるのは、初めてで……あうっ、んぅ……変な声も出てしまうし、どういう反応をしていいのか、わからないぃ……あうっ、くんんぅ……」

「それでいいんだ。特に決まったものがあるわけじゃない。それに身体のほうは、きちんと気持ち良く反応しているみたいだぞ。ほら、もう濡れてる」

裂け目に滲み出る愛液を、指先で軽くすくってシャフランにも見せる。

「んあっ、えっ？　あうっ……それは聞いたことがある……オスを受け入れるためにそうなるのだと……はあっ、はんぅ……ボクの身体が自然とそんなことをするなんて……くんんぅ……」

「それが、気持ち良くなってきているってことだ。奥のほうから出てきて止まらない」

もっと中の様子も見ておこうと、指先を入れて膣壁をくすぐる。

「あうっ、やんっ……そ、そんな大事な場所に指を入れられて、じっくりと見られるとは……はうっ、あんっ……。交尾がこんなに恥ずかしいものだとは、知らなかった……あうっ、んんんっ！」

弄るたびに喘ぎ声が大きくなり、きめの細かな肌から伝わる体温も、ますます上がっていく。

別にこれくらいなら、もう挿入を考えても問題なさそうだが、彼女は初めてなのでもうちょっと準備しておきたい。

「うーん……やっぱり発情のニオイはわからないか……じゃあ、味ならどうかな？　ん〜〜、れるんっ！」

「ふええぇっ!?」

なんとなくの思いつきで、舌を使って熱い割れ目を舐め回した。

「きゃうっ!?　ふなあぁんっ!?　なんてことを……あうっ、くうぅんっ！　そんなことを急にしては……あうっ、んはあぁんっ♥」

お？　なんだか急に感度が上がってきたみたいだ。

「ひうっ、ふあぁっ♥　あうっ、んんぅ……クレイン殿っ、あんんぅ……ああっ！　そ、そんなに舐めて、ボクのそこの味なんて知っても、意味はないような……んあっ、んんぅっ！」

「いや、そんなことはない。とてもいい味だっ」

「ひゃううぅんっ♥　んあっ、やんっ、なんだ、これはぁ……はあっ、はあぁ……身体が火照ってお腹の下がぁ……あぁぁっ♥」

シャフランには、これがかなりツボらしい。

今までで一番の甘い声を出しながら、しっぽを振って喜ぶ。

「はあっ、はうっ、んんんぅっ！　お、おかしいのだっ、クレイン殿ぉ……身体も頭の中も、熱くなって真っ白にぃ……はうっ!?　んんんんぅっ！」

「むぷっ!?」

「んあぁっ!?　ふあああああぁ〜〜ッ♥」

思いの外、かなり気持ち良かったようで、膣口をビクつかせながら背筋を大きく伸ばして細かく震える。

この反応は間違いなく、絶頂したんだろう。

でもこれで、十分に濡らすことはできただろう。

「んあっ、はあっ、はあぁ……なんなんだ、これはぁ……んんぅ……こんな気分は初めてだぁ……あんぅ……」

まだヒクついてる膣口からは、愛液が糸を引いて垂れている。

これだけで、しっかりと発情しているのがわかった。

「気持ち良かったかな？」

「んんっ、んはあぁ……ああ、とっても……あんんぅ……」

「よかった。じゃあ、そろそろ本番にいこう」

「んっ、んぅ……？　本番とは……も、もしかしてオスのアレを……」

「そうだ。取り合えず、このまま後ろからするぞ。痛いかもしれないが……我慢してくれっ」

「あぐぅんっ!?　クレイン殿っ……んくううぅ～～っ！」

衣服をずらしたまま、一気に入れていく。絶頂で濡れてはいるが、やはり狭い。

「はんんぅ……あ、熱いのがボクの中を入って……んくっ、はううぅ……こ、これはまだ続くのだろうか？　んあっ、はうぅ……」

「もう少し……もう少しで全部だ」

なんとか亀頭をねじ込み、そのまま根本までしっかりと挿入する。

「はあっ、はうぅ……んくぅんっ!?　んあっ、んはあぁ……入ってくるのが止まった……のか？　んんぅ……」

「ああ。全部入った」

「あんぅ……そ、そうか……んんぅ……これでボクも……」

意外にも、鈴口を過ぎた辺りまで入れてしまうと、あとはそこまでの抵抗はなかった。

だが入口に多少の抵抗感はあったし、ピッタリと肉棒を咥え込む膣口からは、じんわりと破瓜の赤い証が滲んでいた。

「どうだ？　痛かったか？」

「んんぅ……そうだな。少しだけピリピリするような痛みだ……はんぅ……でも我慢できないほどでもないな……。あんぅ……それよりも、なんだかボクの身体が、奥のほうから熱くなっているんだが……はあっ、あんんぅ……」

俺の心配をよそに、シャフランは悩ましげに後ろを振り返る。

その視線がお尻に向けられ、軽く俺の股間へと押しつけてきた。

先に一回、絶頂したのが良かったようだ。

しかし、初めてですでに欲しがるとは……この先の夫婦の営みは期待できそうだ。

「ははっ、そうか……じゃあ、ちょっと動くぞっ、シャフランっ！」

「ふあああぁっ!? んくっ、あんんぅ……んああぁっ♥」

しっかりと腰を掴み、ヌルヌルの狭い膣内をゆっくりと前後に行き来させる。

「んんぅ……はあぁんっ！ あっ、んんぅ……ボクの中をっ、硬いのがいっぱいに広げて、動いてる……んんぅ♥ 中身ごと動かされているような気分だな……あうっ、くうぅんっ♥」

様子を見ながらしばらくはゆっくりとしていたが、特に痛そうな素振りも見せない。

むしろ喘ぎ声が、より艶っぽく、そして大きくなっていっている。

「ん……大丈夫だな。じゃあ、もう少し速くしよう」

「えうっ!? んはっ♥ あっ、んぅっ……ああぁ……ああっ、いい……んあっ、はあぁんっ♥」

プリプリのお尻に股間を当てるようにして、軽くスピードを上げて腰を振っていく。

「あうっ、ん、はぁっ……クレイン殿、んくぅっ♥」

ピストンに合わせて膣襞《ちつひだ》がこすれ、シャフランが嬌声をあげていく。

それに合わせて尻尾が揺れているのもいい。

「んはっ♥　あっ、ん……ふぅっ……」

四つん這いの彼女は肉竿を咥えこんで、身体と尻尾を揺らしていった。

「はあっ、はうっ、んああっ♥　こ、これが交尾なのか……んんぅっ♥　さっきよりもものすごい快感が、全身を駆け抜けていくぅ……あぁぁっ！」

「ほう……驚いたな」

今まで興味がなかったというだけで、シャフランの身体自体は、セックスに慣れるのが早かったみたいだ。

「あっ、ああっ、んんぅ……あぁぁんっ♥　ふわふわとして、とても心地よくなってるぅ……ああぁっ♥」

身体はすっかり肉棒を咥えこんで馴染み、時折ギュッと膣口が締めつけてくる。

「はうっ、んんぅ……も、もっと欲しいぃ……もっとぉ……あぁぁっ♥」

かなり欲しがってはいるけど、やはり初めてなので限度があるだろう。

奥のほうへ押し込むと、ビクッと身体をこわばらせてまだまだ痛そうだ。

「たぶん、今のシャフランならこれくらいかっ」

「んあっ!?　はうっ、んんぅっ！　ああっ、いいぃ……気持ちいいぃっ♥」

そこで俺は彼女がちょうどよいくらいを見極めて、腰を振っていった。

「はあっ、はあっ、素晴らしい……交尾とはこんなにも良いものだったのだなっ、あぁぁ……クレイン殿っ、あぁぁんっ♥」

「それはよかった。くっ……というか、俺もかなり気持ちいいよ」

隙間なく肉棒を包み込んでくる膣内は、濃い愛液が潤滑油となって快感を生み出してくる。

これは思っていたよりも、早く出てしまいそうだ。

「はっ、はあっ、ああぁっ♥　いいぃ……交尾っ、いいぃっ♥　んあぁっ！」

「ん……？」

ますます感じていくシャフランの感情を表すように、左右に揺れるッ尻尾が俺の腹をくすぐってくる。

「それにしても、この元気に動く尾も可愛いな」

軽い気持ちで少し掴んでみた。

「ふにゃあぁっ!?　な、なにをしているんだっ、クレイン殿！　そこはあまり触ったら、ダメなのに……♥　んんぅ〜〜っ！」

「え？　くおっ!?」

掴んだ瞬間に、ものすごい膣圧の締めつけが起き、痙攣するような細かい振動が加わって俺の射精感を刺激した。

「おおっ!?　だ、だめだこれ……出るっ！」

「んっ、んはあぁんっ♥　あっ、やうぅんっ!?　だから尻尾を掴んじゃ……やあああぁっ♥」

ドックン！　ドクドクッ、ドビュルルルッ！

「んはあああぁあっ!?　ああっ、んはあああぁぁぁぁっ♥」

彼女の絶頂と共に、俺も暴発気味に発射していた。

「んあっ、はあああぁ……あぁぁんっ♥　んんぅ……お、奥のほうでぇ……クレイン殿のが震えてぇ……あんぅ……ほんわかと、お腹が熱くなるぅ……んんぅ……」

「ああ……シャフランが気持ち良くしすぎるから、出てしまったよ……」

「んんぅっ？　あんぅ……出るというのは、子種のことだろうか……？」

「そうだ」

「はあぁ……そうか、これがクレイン殿の……んんぅ……♥」

息を荒くして、シャフランは嬉しそうな声を出した。

「これで、きちんとお役目はできたのだな……はんんぅ……」

「まあ、これで子供ができたかどうかは、わからないがな。でも、もう少しシャフランとの初夜のセックスを楽しみたかったんだがな」

「えぇっ!?　あうぅ……それは少し怖いな……」

「なんでだ？」

「だって、これ以上長引いていたら、頭が変になるところだったから……。んんぅ……ボクにはこれくらいがちょうどいいと思うのだ……」

やっと落ち着いてきたシャフランは、頬を赤くしてベッドに横たわる。

……いや。多分、この子はこれだけじゃ済まなくなるだろうな……。

俺はそんな予想をしながら、うっとりとする彼女をしばらく眺めていた。

獣人連合の首都、ジンレを出て、ナジュース王国へと向かって馬車が走る。

王族が乗るものだから、足回りは特別な作りで、内装も可能な限り快適に過ごせるように作られている。

だが、シャフランはそんな快適さを求めていなかったようだ。

ただ座っているだけなのは少しばかり退屈だったようで、彼女は馬に乗ったり、自ら走る時間のほうが長かった。

途中で獣を狩ったりもしたが、要した人数は行きのときよりも少なく、かかった時間も短いくらいだった。

つまり、第七王子につくレベル——実力的には下のほうとはいえ、王家の近衛騎兵よりも、シャフランのほうが上だということだ。

俺は、ずいぶんと頼りになる妻を迎えたことになったようだ。

「シャフラン、国王陛下への正式な謁見については後日となる。部屋は用意されているはずだから、今日はそこでゆっくりと休んでくれ」

「ふむ……むしろ休んでばかりで体がなまっているのだけれど、訓練場などはないのか？」

「……さすがだな。では、騎士団に連絡を入れさせておく。荷物を整理して、食事を取ったら好きにしていい」

「ありがとう、さすが私の旦那様だな！」

笑顔でそう言うと、うきうきとした足取りで、案内についていく。

「さて、俺は……陛下に報告だな」


王宮に戻り、今回のことについて報告をすると、人間と獣人の架け橋となったと、過分なくらいに評価をされた。

貴族の一部が、聖女に続き獣人連合と縁を結んだ俺に価値を見出した可能性がある。

……俺としては、そういうのに巻きこまれないようにしているというのに。

面倒なこと、この上ない。

後のことは長兄——王太子に任せ、俺は自分の離宮へと戻ることにした。

これでようやくのんびりできる。

それに、もうロリエに二週間は会っていない。今すぐ彼女の元へと駆けて行きたい。

「クレインさまっ！」

「……ロリエ？」

まるで想いが通じたかのように、ロリエがやってくる。

「お帰りなさい、クレインさまっ」

「長く留守にしてすまない」

そう応えながら、彼女を抱きしめる。

柔らかな抱き心地や、彼女の香りを感じ、やっと帰ってきたと実感できた。

「……ただいま、ロリエ」

「クレイン殿、その方が第一夫人なのか？」

突然に声をかけられ、ロリエは顔を真っ赤にして俺から離れる。

「ああ、すまない。邪魔をするつもりはなかったんだ」

言葉どおりに、すまなそうに言って、軽く頭を下げるシャフラン。

「あの……クレインさま、この方が獣人族の？」

「そうだな。正式な紹介は後でしようと思っていたのだけれど……」

「ボクも家族になるのだ。別に堅苦しい必要もないだろう？」

「それもそうだな、シャフラン。……こちらの彼女が俺の一番目の妻であり、神王国の聖女、ロリエだ」

「ああ、あなたが噂の聖女様か」

シャフランはそう言うと、人なつっこい笑みを浮かべる。

どうやらロリエのこともすでに聞いていて、しかもそれは好意的な話だったようだ。

「ボクは獣人連合盟主、狼族レンジが娘、シャフランと申します」

そう言ってシャフランは、人族の騎士が令嬢に対するときの礼を取る。

「あ、あの、シャフラン様、私はもともと平民ですので、そのようなことは――」

「多くの獣人たちが、聖女によって救われたと聞いている。それに、あなたは、クレインの第一夫人だ。ボクが礼を尽くすのは当然だと思うけれど？」

ロリエの態度を見て判断したのか、ほんの少し、口調を崩している。

「第一も第二もありません。わたしたちは等しく、クレインさまの妻です。ですので、できるだけ普通に接していただけると嬉しいのですが……」

「ふふっ、わかった。ではロリエ殿――いや、これからは同じ妻として、ロリエと呼ばせてもらうね。ボクのことはシャフランでいいから」

「私は他の方の名前をそのように呼ぶのに慣れていませんので、シャフラン様と呼ばせていただきたいのですけれど……」

「そうなのか？　無理強いをするようなこともでないし、かまわないぞ、ロリエ」

「ありがとうございます。シャフラン様」

どうやらふたりの挨拶は終わったようだ。

俺の考えを押しつけるわけではないが、できればふたりには仲良くしてもらいたい。

俺の立場にそこまでの魅力はないだろうが、それでも妻同士が対立する可能性はあるのだ。

それに、本人たちが望まずとも、周りが勝手に派閥を作って争いを始めることもある。

「お互いのことを知るよい機会だ。交流を兼ねて、お茶にでもしようか」

そう言ってふたりを誘い、中庭にある東屋《ガゼボ》で三人揃ってお茶を飲むことにした。

「これは美味しいな！」

「ふふっ、わたしが暮らしていた修道院の傍で採れる、とっておきの蜂蜜なんですよ」

「ほう、それはいいな。ボクの暮らしていたところは森が遠くて、こういうのはなかなか食べられないんだ」

「そうなんですね」

シャフランは健啖《けんたん》家《か》だ。

ロリエに薦められるままに、パンケーキを次々に口に運んでいる。

「肉を用意させようか？」

「ありがとう、クレイン殿。だが、今はロリエの好きなものを知りたいんだ」

「そうか」

「ロリエはどうだ？　他のものを用意させてもいいが――」

「ありがとうございます。では、夜はシャフラン様の好きなものをお願いします」

「あ、ああ、わかった」

ロリエはもとより贅沢を好まない。シャフランも、欲しいものは自分で手に入れるタイプだ。

ありがたくはあるのだが、夫としての甲斐性を少しは見せたいところなんだが……。

そんなことを考えている間に、ふたりはどうやら別の話題に移っていたようだ。

「……そうなんですね。私は戦うことができないので、シャフラン様が羨ましいです」

『友人の食べてる料理のほうが美味い』という言葉がある。ボクにしてみると人々を癒やし、大地を豊かにする聖女の力のほうが羨ましいよ」

ロリエは『聖女』ではあるが、孤児だ。シャフランは獣人ではあるが連合の盟主の娘。本来ならば王族の妻たちは、どちらの立場が上か下かということで揉めても不思議はないのだが――。

おっとりとしているが芯は強く、誰とでもすぐに親しくなれるロリエ。

さっぱりした、気持ちの良い性格をしているシャフラン。

どうやら、ふたりはそんなことぬきで仲良くやっていけそうだ。

「ロリエは、後から来たボクのことを、なんとも思わないのかい？」

「はい。必要なことだと聞いていますし、それに狼族の方は勇猛果敢でとても強く、家族を大切にすると聞いています。シャフラン様がクレインさまの傍にいてくれれば、安心できますから」

「わかった。任せてほしい。でも、ロリエ。キミもうボクにとっては家族のひとりだ。だから仲良くしたい」

……というか、俺がいなくてもいいんじゃないか、というくらいに話が盛り上がっている。

少しばかり黄昏《たそが》れた気分でいると、いつの間にかふたりは肩を寄せ合うくらいに近づき、俺に聞こえないように小声で話をしている。

「……まあ、そうなんですね……」

「ああ……思っていたよりも……」

「わたしとするときは……」

「ほう、それはとても興味深いね……」

どちらも顔や耳を赤く染め、ちらちらとこちらを見ている。うん、どんな話をしているのか、なんとなくわかった。

あまり赤裸々に話されると、さすがに気恥ずかしいが、まあ気になるのもわかる。

俺は漏れ聞こえてくる声に気付かないふりをして、のんびりとお茶を飲み続けた。


ふたり目の妻がやってきて、三人で過ごすようになってからしばらくが過ぎた。

目覚めたらシャフランと基礎訓練をこなし、朝の祈りを終えたロリエと合流してから、三人で朝食を摂る。

午前は外交に必要な言語や歴史、それも他国のものを中心に学び、公務に関わる仕事をこなす……とはいえ、第七王子のところへ来るようなものなど、たかが知れている。

そして午後は、ロリエやシャフランと共に城下町へ下りたり、薬草の栽培に着手をしたり、一緒に遠乗りをしたりと、妻たちの希望にそって過ごすようにしている。

忙しいというよりも、充実しているというべきか。

魅力的な妻がふたりもいるのだ。夜になれば、ロリエとシャフランの相手を交互にしている。もちろん平等になるように、週に三日ずつで、残りの一日は休みということにしている。

俺が思い描いていた、理想の日々。

そんなふうに思っていたのだが――それは、俺だけの考えだったようだ。

今日は俺ひとりだけか……。

そのことに少し寂しさを感じながら、そろそろ寝ようかと考えていたところに、ロリエとシャフランが揃ってやってきた。

「旦那様、話がある」

「クレインさま、お話しするために、少しお時間をいただけませんか？」

「話をするのはかまわないけれど、ふたり一緒でもいいのか？」

問いかけると、ふたりはそろって頷いた。

「わかった。それじゃ、お茶でも飲みながら話そうか」

いつもの東屋《ガゼボ》へ向かい、お茶の用意をさせる。

ミーントやメイド長以外の人間を下がらせて、俺はふたりと向き合った。

「それで、話ってどんなことなんだ？」

「ボクたちの生活についてのことだよ」

「生活？」

「はい。クレインさまは、わたしとシャフラン様をどちらも等しく愛そうとしてくださっているのは、わかっているのですけれど……」

ロリエは少し言いにくそうにしている。

もしかして、何か不公平な気分を感じているのだろうか？

「どちらも同じくらい愛しているし、俺なりではあるけれど、同じように接しているつもりだったけれど……」

「うん、それはわかってる。後からきたボクのことも、ちゃんと気遣ってくれていることもね」

「わたしも、そのことについてはまったく不満はありません」

ロリエは嘘はつかない。シャフランも同じだ。

ふたりがそろってそう言うのなら、俺の気持ちもしっかりと伝わっているようだ。

「だとすると、ますますわからないな。ふたり揃って言いにきた理由を聞かせてもらえるかな？」

「ひとりずつよりも、ふたり一緒のほうがいいんじゃないかってことだよ」

「ふたり一緒？」

シャフランの言いたいことがわからず、首を傾げてしまう。

「クレインさまに、わたしとシャフラン様を一緒に、愛していただきたいんです」

顔を真っ赤にしながら、ロリエがそう訴える。

「もちろん、ふたりとも愛しているよ」

「ああ、そうか。ボクの言葉が足りなかったみたいだ。つまり、夜の生活のことだよ」

「……え？」

思ってもいなかった提案に、思わず目が点になる。

「ふたり一緒に相手をするということか？」

「そういうことだね」

シャフランはあっさりと頷いた。

どうやら、ロリエとはすでに話し合ってきたようだ。

「ロリエもシャフランも、それでいいのか？」

「いいもなにも、ロリエにそう提案したのはボクのだからね」

「ええと……どうしてなんだ？」

理由がわからずにシャフランに尋ねると、彼女はきょとんとした顔をした。

あれ？　自明のことなのか？　そんなに単純で、俺が見落としている何かがあると？

「クレイン、キミが最もしなければならないことは、何だかわかっているのかい？」

そう言われて、考える。

「神王国や獣人連合との外交……というか、仲立ちかな？」

「わかっているじゃないか」

「それが、どうして三人ですることに――」

そこで気付いた。

「……子作り、か？」

「そういうことだよ。ボクは強いオス――男の子供を生みたい。多くの子供を作れば、同じ狼族か、次の盟主の一族と婚姻させることもできるしね？」

「わ、わたしはクレインさまの赤ちゃんが、ほしいです……」

神王国のためではなく、ロリエ自身の願いなのだろう。

一日は休みをもらっているので、ふたりを交互に相手している。そうなると、夜を過ごすのは、ひとりあたり週に三回だ。それに、夜は常に性行為をしているわけじゃない。

「誤解のないように言っておくけれど、クレインのことが好きじゃなければ、こんなことは言わないよ？」

「そうですっ。わたしは――いえ、わたしたちはクレインさまを、あ、愛していますっ」

ロリエが頭から湯気を出しそうなくらいに顔を赤くして訴える。

「その気持ちを疑ったりはしてないよ」

「だったら……どうすればいいのか、わかるだろう？」

そしてその夜はさっそく、ふたりの妻と一緒にすることになった。

「そういうことで、クレイン殿っ♥」

シャフランが積極的に、腕へ抱きついてきた。

「ク、クレインさまっ！」

シャフランと反対側、空いている腕にロリエが抱きついてくる。

どうやら、シャフランの積極性に感化されたようだ。

ふたりの大きな膨らみに挟まれるというのは、とても良いものだ。

「そうだね。子作りならしかたがない。これからはたまに、ふたり一緒に相手をすることにしよう」

「ああぁんっ!?」

「きゃっ!?　ううぅんっ♥」

抱きつく彼女たちをベッドに押し倒すと、揺れる肌色の絨毯へ飛び込んだ。

「はむっ！」

いちばん大きなロリエの胸に、むしゃぶりつく。

「あっ!?　んっ、ふぁ、はぁんっ♥　クレインさまっ……む、胸に……はあぁんっ♥」

いつもどおり、軽く揉んだ指が沈み込むくらいのふわふわな柔らかさ。

先端に吸いつくと、そのまま飲み込めてしまいそうな感触を楽しむ。

「ははっ、やはりそうか。話していたように、クレイン殿は胸が大きいほうが好みのようだ。よかったな、ロリエ」

「んんぅ……そうなのですね……はあっ、あんんっ……それはとても嬉しいです……んあっ、はんぅ……」

「むぷっ……ふたりでそんな話をしていたのか？　だが残念だったな。俺は大きさが好きなんじゃない。女性の胸なら、どれも好きなんだよ……はぷっ！」

「んはあぁんっ!?　あぅっ、やんんぅ……そ、そこを強く吸われると、体が勝手に動いてしまいます……ああぁっ♥」

乳首を唇に挟み、舌先で舐めて転がすと、すぐにピンッと硬くなって勃起した。

てっきり三人という状況で緊張しているかと思ったが、ロリエの感度はだいぶ良くなっているようだ。

「ん……でもロリエは本当にきれいだな……胸だけでなく肌も白くてすべすべで……あぁ……同じメスでもこれは惹かれてしまう……ちゅっ……」

寄り添うシャフランが、ロリエに軽くキスをする。

「え？　ふわわっ!?　な、なにをしているんですかっ、シャフラン様……。あうっ……そんな、きゃうぅぅ……」

さらに頬から首筋へと、ついばむようにイタズラなキスでロリエをいじめた。

うむ……こういう、女性同士というのは絵になる。

そして、エロい！

「ふふっ、シャフランだって、とてもいいスタイルをしてるぞ」

シャフランのほうにも唇を張りつかせると、すでに乳首が硬く勃っていた。

「ふなあぁんっ!?　あうっ、ク、クレイン殿……んんぅ……急に吸いついてきては……ああんっ！」

ロリエ以上に感度は良好のようで、すでに下半身をもじもじさせ、尻尾をふりふりさせている。

「んあっ、はっ、あんんぅ……あぁぁ……この体が火照っていく感じ……知ってしまうと、本当にクセになる……はあぁんっ♥」

「あ……気持ち良さそう……シャフラン様の肌も、とても健康的で素敵ですよ……ちゅっ♥」

「あうっ!?　ロリエまでっ!?」

ロリエもシャフランと同じように、頬へキスをする。

「ほぉ……」

このロリエの行動は意外だった。

しかも、やることはシャフランより少し大胆だ。

「お返しです♪　んんんぅ……ちゅっ♥」

「んむむぅんっ!?　ちゅはっ、あっ、やめっ、そのキスはっ……んむっ、ちゅっ、んん～～ぅっ♥」

唇へのキス。

「ちゅふっ、んりゅぅ……ちゅむっ、んりゅぅっ♥」

しかも深く舌を入れて絡ませるような、濃厚なやつをしている。

ロリエがここまでのことを、しかも自分からするとは……。

「んむ……んっ、ロリエ……んんぅっ♥」

「ちゅはっ、んんぅ……キス、好きなんですね……わたしもですよ……ちゅふっ、んんぅ……」

「ほぉ……これはエロい……」

ちょっと驚いて、しばらくそのキスを見つめていた。

「ちゅふっ、んちゅぅ……んんぅっ!?　やだ、わたし……あうぅ……」

俺の視線に気付いて我にもどったのか、ロリエは頬を真っ赤にしてやめてしまった。

「ぷはっ……はんんぅ……す、すごい……んんぅ……ヒト族は皆、こんなにキスが上手なのか？　まさかロリエに、こんなに気持ち良くさせられてしまうとは思わなかったな……んうぅ……」

「あううぅ……わたし、つい熱が入ってしまって……申し訳ありません、シャフラン様……」

「え？　あ、いや……謝られるほどではないのだが……」

「別にやめなくてもよかったのに。シャフランは、もっと欲しがってたみたいだぞ？」

「え？　そうなのですか？」

「うなっ!?　そ、そういうのは………はっきりとは、言えないだろう……」

最後はゴニョゴニョとなりつつも、まんざらではないようだ。

「ははっ。でもスケベなシャフランのおかげで、ロリエもだいぶ積極的になってくれたようだな。ふたりが仲良くなってくれてよかったよ」

「なっ!?　す、スケベなどでは決してないぞ、クレイン殿っ。ただちょっと、興味がありすぎるだけなんだっ」

うん。それがスケベなんだよ。

という言葉は胸にしまっておく。

「まあでも、仲がいいというのは合っているがな」

「ええ。わたしもシャフラン様と話していると、楽しいです。わたしたち、気が合うようですね……」

「ふふふっ♪」

「ふふっ♪」

そう言ってお互いに見つめて笑い合う。

いつの間にか、ここまで仲良くなっているとは思わなかった。

まあ三人で子作りをと言うくらいだから、当然なのかもしれない。

「そうか……なんだか俺のほうが妬けてしまうな」

「なっ!?　別にクレイン殿が妬くほどではないぞ？」

「そ、そうですっ。シャフラン様とはお友達という感じです」

「友達にキスはしないと思うが……でも女同士のじゃれ合いでそういうのはあると聞くし、いいんじゃないか？　それじゃ、もっと仲良くなってもらおうか」

「もっと仲良く？」

「まぁ、どうすればなれますか？」

「簡単さ。ふたりとも俺の言うとおりにするんだ」

「クレイン殿の？」

さっそく、ベッドでふたりの手を取る。

「まずシャフランは仰向けで寝てくれ。ロリエはこうやって……こうっ」

「ええっ!?　あ、あのっ、クレインさま、これって……」

「あうっ!?　なっ、ななっ!?」

戸惑うふたりが、上下に重なった。

「ううぅ……こういうのは、ちょっと違う気がするのだが……ロリエも、ボクではなくクレイン殿と向き合いたいと思っているだろうし……」

「え？　あうっ、わたしはクレインさまのお望みのままにするだけですし……むしろシャフラン様のほうが、重くて窮屈な思いをさせてしまって申し訳ないのですが……」

「そんなことはないぞ？　ロリエは華奢で、生まれたての子鹿のようだ」

ふたりで赤くなりながら、遠慮し合う。

そういう気遣いもできるなら、今後も問題ないだろう。

まあ、それよりも今の本来の目的は――。

「うん。これはふたり共、よく見えるな」

「へ？　ああっ!?　あっ、急にそんなところを……ひうっ、んんぅ……あっ、やううぅ……」

「んあぁんっ♥　え？　あっ、ちょっと待って……まだ心の準備が……はうっ、くんんぅっ！」

脚を開いて見えるふたりの秘部を指先で同時に弄る。

「…おやおや？　なんだ、もうしっかり濡れてるぞ？」

「ええっ？　そんなことは……あうっ、んんぅ……」

「きっとクレイン殿が弄っているせいだ……はうっ、ああぁっ♥」

「いやいや、そういうレベルじゃないな」

確かに、指先で膣内をグニグニすることで愛液が溢れ出してきたが、それ以前にも、しっとりとしていた。なによりも、ぱっくりと赤く開いて発情している。

「ふたりでキスしただけでこれとは……ますます、俺の立場がないな。これは夫として、しっかりと挽回しなくては」

「ば、挽回とは……あっ♥　はんぅ……♥」

「あんっ♥　クレインさま、んぁっ♥」

目の前で裸のふたりが抱き合うようにして、俺にお尻を向けている。

しかもそのふたりのおまんこが、いやらしい蜜をこぼしながら触れ合っている。

これはもう、同時に味わうしかない。

「じゃあ、いくぞ……んっ！」

「んあぁっ!?　んんぅっ！」

「ふあっ、はあぁんっ♥」

そのおまんことおまんこの間へと、肉棒を挿入していった。

「おお……これは、これでまた、いいな」

肉棒がふたりの熱い陰唇に挟み込まれる。

「それじゃふたり一緒に、味わうとしようっ」

我慢できず、俺はそのまま腰を動かしていった。

「んぁっ♥　はんぅ……これは……入っている、わけではない？」

「あんんぅ……でもとてもたくましいものが、入り口に擦れて……とても気持ちいいです……ああぁっ♥」

「あうっ、んんぅっ♥　ああっ、本当だ……ゴリゴリの硬いのが、気持ちいい場所を擦って……んんぅっ♥」

実際に入ってはいないので、もの足りなくなるかとも思ったが、意外にもふたりの陰唇の間で動かすのはいい。

「おお……アソコで挟まれるのが、ここまでいいとは……。なんとなく適当に考えただけなんだが、言いアイデアだったな」

「んんぅ……それでもふたり同時に、こんなに愛してもらえるなんて……ああんっ♥」

「んあっ、くうぅん……ああっ♥　さすがクレイン殿だ……こういう秘め事に感じてはっ、きっと右に出る者はいないはずだ……んんぅっ♥」

「いや、それは言いすぎだがな。まったく……。自分の夫をそんなふうに言う妻には、お仕置きだなっ！」

「きゃはぁんっ!?　ふあっ、そんな激しく押しつけながらは……あぅっ、ああっ、くんんぅっ♥」

「ひゃうっ、んはあぁっ!?　やうっ、わたしにまでっ、それ、一緒にきちゃいますぅ……ああっ♥」

かなりの快感に調子が出てきた俺は、ふたりの間を大きく擦り上げる。

「はあっ、はんんぅっ！　ああっ、硬いのが当って……ああっ!?　擦れすぎるぅっ！　んんぅっ♥」

「あっ、ああぁんっ♥　んんぅ……ロリエの顔が近くにありすぎて……ボクの変な顔が、見られてしまうぅ……ああぁっ♥」

「そ、そんなことを言われたら、わたしも恥ずかしく……ああぁっ♥」

お互いに恥ずかしがりながらも、感じて甘い声を出す。

「くうぅ……滑りが良くなってきたから、まだまだ大胆に動けそうだよっ」

「はうっ、んはあぁっ♥　ああっ、そんなにいっぱいしたらっ、恥ずかしいのがたくさん出ちゃいますぅ……くうぅんっ♥」

「はあっ、あぐぅぅんっ♥　力強いぃ……あっ、あぁぁっ♥　クレイン殿のたくましいモノでっ、ボクのアソコが熱いぃぃっ♥」

ふたりの愛液がさらに溢れて入り混じり、白く粘つく糸を引いている。

随分と気持ち良くなってくれているようだ。

「んあっ、はあぁ……それにしても、ロリエの胸は本当に大きいのだなぁ……んっ、んんぅ……」

「んえ？　あんんぅ……シャフランさまっ、なにを突然言われて……んあっ、はあぁんんっ……」

「んんぅ……下から見ると、ものすごい迫力だからつい……あんんぅ……クレイン殿が夢中になるのもうなずけるな……んっ」

「うあああぁんっ!?　な、なんでシャフラン様が揉むんですかっ!?　んんぅっ！」

どうやらシャフランがロリエにイタズラをしているようだ。

「ははっ、シャフランもその魅力がわかったんだな。いいぞ、いっぱい弄ってやってくれ」

「んんぅ……ああっ、わかった♪」

「なにを頷いているんですかっ!?　ふあぁんっ！　やうっ、あっ、そんなに……弄っちゃっ、駄目えぇぇっ♥」

シャフランが、下から支えるようにロリエの豊満な胸を揉みしだいていく。

「あぁ……ロリエ、なんて気持ち良さそうな顔をしているんだ……。これはクセになってしまうなっ♪」

「きゃうっ!?　んんぅっ！　やんっ、駄目ですってばぁ……ああんっ♥　こ、こんな顔を……見ないでくださいぃ……んんぅっ！」

残念ながら俺からは見えないが、乱れまくるロリエは、ものすごく恥ずかしがっているようだ。

でも体のほうは正直に反応しているようで、愛液が溢れ出して水音が激しくなる。

「んんっ、はうっ、んんぅ……シャフラン様イジワルぅ……んんっ、はうっ、んあぁぁっ！　んくぅ……こうなったら、お返しですっ……ちゅむぅっ！」

「ちゅふっ!?　んあっ、またそのキスぅ……ちゅふぅ……んんぅ～～っ♥」

ロリエからもシャフランにキスで反撃してるようだ。

「んちゅむっ、ちゅっ……んふふ♪　シャフラン様も、とっても可愛らしい顔ですね……ちゅむっ、んちゅっ、ちゅっ♥」

「あぷっ、ちゅくぅぅんんっ……んあっ、やふぅ……そのキスは卑怯すぎるぅ……これでは頭が真っ白になってしまうではないかぁ……やむぅんっ!?　ちゅはっ、ちゅくぅ……んんんっ♥」

可愛い声をこもらせながらも、濃厚なキスに感じてしまっているようだ。

しかしこれも残念ながら俺からは見えない。

「なんてことだ……誰だっ？　こんな姿勢でやろうと考えたやつは……」

「ちゅはぁぁんっ!?　あうっ、なにを言っているんだ？　クレイン殿……んくっ、はぁぁ……それよりも、もうボクっ、駄目にぃ……んはっ、はぐううぅんっ！」

「んあっ、はあぁんっ！　わたしもっ、わたしもっ、いっぱい気持ち良くなってぇ……あぁぁっ♥」

急にブルブルと体を震わせ、脚をぐっと閉じようとしてくる。

どうやらふたり共、絶頂したらしい。

それにつられて、俺も限界がすぐにきてしまった。

「ぬあっ!? ちょっ……ふたりとも、アソコを押しつけ過ぎだ……ああっ!? もうダメだっ、出すぞっ！」

「んえぇっ!? あっ、出すってっ、それぇ……あうっ、んんぅっ！」

「あうっ、んあぁあぁっ♥ ああっ、出してぇっ、クレイン殿の子種っ、出してぇっ♥」

「仲良くふたりとも、孕んでくれっ！」

急いでロリエのおまんこに突き入れた瞬間――。

ドクンッ！ ドクドクドクンッ！

「きゃふっ!? んはあああぁぁぁぁっ♥」

まずはロリエの熱い膣奥へと、たっぷりと中出しする――そして。

ビュククッ！ ドビュッ、ビュルルッ、ドビュ－ーッ！

「んくぅっ!? ふはああぁぁぁぁあっ♥」

射精の途中で引き抜くと、シャフランにも入れて最後まで出しきったのだった。


「……はあ、はあ、はあ……」

さすがにふたりを一緒に相手にすると、疲れるな。

「ん、あ…………はぁ、はぁ……」

ロリエもそうなのか、ベッドに突っ伏して乱れた息を整えている。

「うん……これは、楽しいし、クセになりそうだねっ！」

さすが獣人族というべきだろうか、シャフランはまだ余裕がありそうだ。

「ロリエが回復したら、次は別のやり方も試してみないか？　クレイン殿」

「……ずいぶん積極的なんだな」

「当たり前じゃないか。ボクたちが今すべきことは、子作りなんだからね」

「……それも嘘じゃないだろうが、他にも理由があるのだろう？」

「あははっ、さすが旦那様だね」

嘘が苦手というか、つけないのだろう。シャフランはあっさりと認める。

「ロリエと競うようにするのは楽しい。彼女の可愛らしさを堪能したり、クレイン殿との関係を深められるんだ。これ以上のことはないだろう？」

実にシャフランらしい率直な理由だった。

「ロリエはどうだ？」

「シャフラン様と仲良くなれるのは、とても嬉しいのですけれど、可愛らしいとか言われるのは、すごく恥ずかしいです……」

顔を真っ赤にしつつも否はないようだ。

「シャフランとロリエさえよければ、これからも定期的に三人でやっていこうか」

「それがいいね！」

「……はい」

ふたりは笑顔で頷く。

貴族同士の冷え切った夫婦関係をいくつも見てきた身としては、妻同士が仲良くやってくれるのは何よりだ。

そのために俺がすべきことがあるのならば、手を抜くわけにもいかないだろう。

「そうなれば、よりいっそうの相互理解のためにも、さっそく今からもう一度しよう。ロリエもいいだろう？」

「……はい」

どうやら眠ることができるのは、しばらく先になりそうだった。

第三章　わがまま王女の愛妻教育

ロリエとシャフラン。最高の妻たちと楽しく過ごしていたところを呼び出されて向かったのは、高位の貴族だけが使用することを許されている一室だった。

……謁見の間に呼ばれるのも避けたいが、ここはもっと来たくなかった。

なにしろ、国に影響のあるような面倒事があったときにしか、使われない部屋だからだ。

「失礼いたします」

「よく来たな」

中に入ると、王としてではなく、父としての態度で出迎えられた。

部屋の中には陛下——父様以外には、東西南北をそれぞれ司る四公爵、そして宰相の姿だけだった。

公爵以下の貴族には、決定をしてから通達することになっているのだろう。

つまり、それだけ面倒なことだというのがわかった。

「そこに座るといい」

「はい、失礼いたします」

父様に促されて、ソファの空いている場所へと腰を下ろす。

「クレイン、まずは最初に言っておくが、ここでは王と臣ではなく、親子として話がしたい」

「わかりました」

逃げ出したいが、そう応えるしかない。

「では、さっそくだが――」

父様に告げられたのは、これまでにない面倒事だった。

「……つまり、ロメン帝国のノーチェ王女を妻に迎えろと、そういうことでしょうか？」

「そうだ」

「ですが、私の正妻は平民出のロリエです。それ以下の序列となれば、帝国も黙っていないのではありませんか？」

「その点は心配ない。かの国もすでに、それでかまわないという話だ」

「いくらノーチェ王女が帝国の第五王女とはいえ、第七王子でしかない私との結婚で、そんな条件を受け入れたのですか!?」

「そうだ」

「何か裏があるのではないでしょうか？」

「あるだろうな。だが、最大の思惑は、彼女を帝国の外へと出すことだろう」

ノーチェ王女は家格にこそ問題はない……いや、王太子である兄とでも結婚可能だが、そのわがままな性格が噂の危険人物だということだ。

「……彼女は、噂どおりの女性なのでしょうか？」

「実際に確かめたところ、相当のようだ。だが、それをわかった上でクレインにはノーチェ王女を妻として迎えてほしい」

我が国には高い経済力があるが、その規模はまだ神王国にはかなわない。

王国軍は精強ではあるが、獣人連合を相手にして勝利は難しい。

そして、領土の広さや国民の数は、帝国に遠く及ばないのだった。

ナジュース王国は、その成り立ちと周辺の状況から、各国の緩衝《かんしょう》地帯として、中立の立場を維持してきた。

だからこそ神王国と今まで以上に深い繋がりを持ち、獣人連合との友好関係を築いた。

そのことで、帝国も無視することができなくなり、手を打ってきたというところだろう。

「クレイン、お前には負担をかけることになって悪いとは思っている。だが――」

「わかっています。帝国との関係にひびを入れるようなことはできません。そのお話、お受けいたします」

「……すまんな」

思うところがあるのだろう。だが、王としては頭を下げることはできない。だから、父親として、非公式に打診があったのだ。

もっとも、どちらであっても俺に拒否する選択権はない。

「はあ……」

王宮を後にして、自分の暮らす離宮へと戻る馬車の中で、俺は溜め息をつく。

王族として国に養ってもらっているのは理解している。だから妻が増えることも受け入れた。

けれども、理解と納得は違う。

「帝国のわがまま姫か……」

政治に関わらないようにしていた俺でも、何度も名前を聞くことがあるほど有名だ。

贅を尽くした生活を当然として享受してきた人間が、王国の――第七王子の元へ嫁いできて、何も思わないはずがない。

これからのことを思うと気が重くなる。

「……とりあえず、ふたりにはちゃんと話して、相談しておく必要があるか」


「……ということで、もうひとり帝国の第五王女、ノーチェ様を妻として迎えることになったんだ」

自分の部屋に戻ると、ロリエとシャフランを呼び、先ほどの話を伝える。

「そうですか。わかりました。では、正妃は――」

「ロリエだよ。それは変わらない」

「ですが、身分が違います」

「それを変えるなら受け入れないって話をしても、帝国はかまわないと言ってきたそうだよ」

「そうなのですか……？」

ロリエは聖女として貴族や王族との付き合いもある。

だから、この状況がいかにおかしいか気付いているのだろう。

「ボクは順位なんて気にしてないから、好きにすればいい。それよりも、その姫は強いのかい？」

「魔法は使えると思うけれど、戦うことはできないんじゃないかな」

「そうか……」

楽しげに揺れていたシャフランの尻尾が、しゅんっと垂れ下がってしまう。

「わかった。戦えないのは残念だけれど、仲良くしようじゃないか」

「そうですね。クレインさまの妻なのですから」

「ありがとう、ロリエ、シャフラン」

ロリエは優しく穏やかで、シャフランもまっすぐな性格だ。

第五王女が、よほどおかしな感じでなければ、うまく付き合ってくれそうだ。

となると、最大の問題は俺との相性ということになるだろう。


「ようこそおいでくださいました。ノーチェ＝スク・マ＝ロメン様」

ノーチェが名前。スクは王家、マは女性、ロメンは帝国名……だったよな？

歴史が古くなるほどに、面倒なしきたりが増えると聞くが、名前一つとってもナジュースとは文化が違う。

「あなたが私の夫となる。クレイン＝ナジュースですの？」

問いかけてきたのは、頭の両脇で髪を括っている、背は俺の肩にさえ届かないような小柄な少女だった。

自分よりも年齢がだいぶ下なのは聞いていたが、思っていたよりも印象が幼い。

なるほど、彼女が〝わがまま〟を周りに言うのも、しかたないかもしれない。

「はい。末永くよろしくお願いいたします。ノーチェ様」

俺は臣下のように礼をとり、ノーチェ王女——三人目の妻を出迎える。

王族同士、しかも俺は夫となる男だが、帝国と王国では国力が違う。

本来ならば、帝国の横槍で急遽決まった婚姻だ。

こちらがへりくだる必要はないが、俺にはそのあたりについての、つまらないプライドもない。

頭を下げて満足してもらえるのならば、いくらでも下げるとしよう。

「ふんっ、どうやら立場の違いを少しは理解しているみたいですわね」

「これからは、両国の友好のためにも、お互いを知り、よい関係を築いていきましょう」

「王国が帝国の属国になるのならば、きっとお父様が悪いようにしないわよ？」

「ははは、そのようなことは、戯れでもあまり口になさらないほうがよいと思いますよ？」

やんわりと注意をするが、ノーチェは、俺を見てつまらなそうに溜め息をついた。

どうやら彼女のお眼鏡にはかなわなかったようだ。

とはいえ、今日からはノーチェは俺の妻だ。うまく付き合っていかねばならない。

「まあ、いいですわ。これから末永くよろしくお願いいたしますわね」

完璧な淑女の礼を取る。

どうやら、ただのわがまま王女ではなさそうだ。

……こうして、少しばかり面倒な立場の、そして俺の三人目の妻が増えることになった。


ノーチェが妻として王国へやって来て、俺たちの暮らす離宮で暮らし始めてから、十日ほどが経過した。

最初の頃は興味深げにあちらこちらを歩き周ったり、唐突に図書室へ籠もったりと、多少は変わったことをしていたが、周りにはごく普通に振る舞っていた。

だが、生活に慣れてきたのか、彼女はあらゆることに注文をつけるようになった。

『ドレスのデザインが古いですわ。帝国の最新のものと同等とは言いませんけれど、もう少しなんとかなりませんの？』

『帝国にいた頃と同じようにとは言いませんわ。ですが、食事はもう少し帝国風の味付けでお願いしますわ』

『第七王子とはいえ、この離宮は少しばかり規模が小さいですわ。もっと広く豪華な屋敷に住まうべきですわ』

彼女の要望は多岐にわたり、細かい。そしてどれもが反論をしにくい指摘をされ、事あるごとに彼女の部屋に俺も呼び出される。

すでに日参しているような状態だが、正直に言えば、だんだんと会いに行くのが億劫となってきた。かなり傲岸不遜には感じていたが、輿入れ初日は、あれでも猫をかぶっていたのだということを理解した……させられた。

噂に違わずの『わがまま』っぷりに、周りの人間は振り回されている。

「クレイン、あなたは夫として妻を満足させる義務がありますわ。あなたはこの離宮を、現状で十分だと思っているのかしら？」

「第七王子にしては、十分すぎるくらいに配慮してもらっているさ」

「いくら国力が違うとはいえ、王国の、一応は王族がこの程度で満足しているんですの？」

「そうだ」

「はあ……まったく、しかたがありませんわね……」

頬に手を当て、これ見よがしに溜め息をつく。

「王になれとは言いませんけれど、もっと夫として頼りがいや、覇気のあるところを見せてほしいものですわね」

「今の生活が気に入っているんだ。それに、権力が大きくなるということは、それだけの義務が付随してくるだろう？」

「義務？　そのような些事は、下々のものに任せておけばいいでしょう？」

「――皇帝陛下も、そうしていたと？」

「クレイン、自分のことをお父様と比べるのは、やめたほうが良いと思いますわ」

気遣うような顔をしているが、口調は完全に小馬鹿にしたものだった。

傑物として名高い現在の皇帝陛下と自分を比べるなど、おこがましいと言いたいのだろうな。

事実なので、別に腹を立てることもないし、問題にしているのはノーチェの考え方のほうだ。

「……ロリエやシャフランとは、上手くやっていけそうか？」

「ええ。そうするしかありませんでしょう？　それにしても、元孤児と獣人を妻にするなんて、クレインは変わっていますわね」

一瞬、怒りで目の前が赤くなる。

「人は生まれながらに、その価値が全てが決まっているとでも？」

「何を言ってますの？　決まっているのは、帝国の王族だけですわ」

「………どういうことだ？」

想定外の答えに、怒りを忘れて聞き返す。

「帝国の王族は世界の上に立つ者。特別な存在ですわ。ですので、他はどこの国の王族であっても、貴族だとしても、平民であろうと、獣人でも、関係ありませんわ！」

帝国の選民意識が強いのは聞いていた。

だが、ノーチェの考えは俺の想像していたものとは違いすぎて、あまりのことに、開いた口が塞がらなかった。

しかし、彼女の言葉は裏を返せば、帝国の王族以外は全て平等だという意味になる。

たしかに、わがままは言っているが、種族や身分で差別をしている姿を見たことがなかったかもしれない……。

理解はできないし、彼女も俺の考えを理解するのは難しいだろう。

生まれ育った環境の違いは、それほどに大きい。共に歩み寄ろうとしないかぎり、その差は簡単に埋まることはないだろう。

……これは一筋縄ではいかなそうだな。

だが、かなうことならば、ロリエとシャフランの相手だけをしていたい。ふたりとのんびりと楽しく過ごしていたい。

まあ、生意気ながらも、問題を起こすようなラインは超えないようにしているようだ。

これならば、なんとか上手くやれそうだな。

——などと思っていたが、彼女は帝国と王国の間をつなぐために、俺の妻になったのだ。

つまり、俺と同じように、政略結婚からは逃れられない立場だという、そのことを忘れていた。

「クレイン、今晩は私の部屋に来なさい。帝国と王国にとって重要な話がありますわ」

「今晩？　いきなりそんなことを言われても、困るんだが……」

「困る？　部屋に来なければ、もっと困ることになるのは、あなたですわよ？」

そう言われてしまえば、断われない。

「わかった、夜になったら部屋へ行くよ」

約束の時間になり、人気のなくなった廊下を通ってノーチェの部屋へと向かう。

扉をノックすると、中から応えがあった。

部屋に入り、ソファに腰かけているノーチェの元へと近づく。

「そこで止りなさい」

「……呼びだしておいて、どういうことだ？」

「いいから言うとおりにしなさい」

「わかったよ」

理由もわからないが、俺はその場で立ち止まる。

「で、何の用事なんだ？」

「まずは、クレインに確認をしたいことがありますわ」

「俺に答えられることならば、なんでも」

夫婦ではなく、臣下のように胸に手を当てて深々と一礼すると、俺の態度が気に入らなかったのようで、ノーチェは顔をしかめた。

「私が妻となったのに、こうして部屋を訪れるのがずいぶんと遅かったようですけれど、理由を教えていただけますかしら？」

圧力さえ感じるような笑みを浮かべ、ノーチェが聞いてくる。

部屋を訪れる……？　ああ、そういえば初夜もまだだったな。その理由を言えということか。

「そうだな……俺が、今までノーチェの部屋へ来なかった理由は、三つある」

「三つ？　いいわ、話しなさい。聞いてあげますわ」

「一つ目。まだ、この国に来たばかりで暮らしにも慣れていない。だから、落ちつくのを待っていたんだ」

「気遣いとしては間違ってはいませんわね。受け入れましょう。では、二つ目は？」

「ノーチェがスケジュールの調整を行っていなかったからだ」

「調整ですって……？」

何を言っているのかわからないと、ノーチェは小首を傾げている。

「他の妻たち——ロリエやシャフランとは相談をして、平等になるようにスケジュールを決め、そのとおりに部屋を訪れている」

まあ、実際にはふたり一緒のことも多いのだが、今は言うまい。

「そのような話は聞いていませんわ！　この私をないがしろにしても良いと思って——」

「反論や文句は、最後まで聞いてからにしてもらおう」

ノーチェの言葉を遮り、俺は説明を続ける。

「妻が二人から三人になったんだ。どのような順番で部屋を訪れるのか、他の妻たちと相談をしていなかっただろう？」

「わ、私が悪いと言うつもりですのっ!?」

「ああ、この点についてはノーチェに問題がある」

「なんですって……？」

「ロリエもシャフランも、自分から何度もノーチェに声をかけ、話をしたいと言っていたはずだけれど、受けなかったのでは？」

「…………そうですわね」

「俺からノーチェにも、ロリエやシャフランと仲良くなるためにも、しっかりと話をしておいてくれと、頼んだはずだ」

「形式的なものだとばかり、思っていましたわ。だいたい、妻が複数いれば、いがみ合うか、互いに距離を取るのが当然でしょう？」

「帝国ではそうかもしれないな。もちろん、王国でもそういう家があるだろう。でも、俺は——ロリエとシャフランは、本気でノーチェと仲良くなろうとしていたはずだ」

ノーチェも俺と同じように、ドロドロとした夫婦、愛人関係ばかりを見知ってきたのだろう。だから、純粋なロリエと、まっすぐなシャフランの、ありもしない『真意』を探って、距離を置いていたのかもしれない。

「今日も、ロリエとシャフランが『ノーチェのために』と時間を空けてくれたから、こうして部屋へ来られたというわけだ」

「……わかりましたわ。今後のことは、ふたりと相談するようにしますわ」

「うん。そうしてくれ」

「それで、三つ目を聞かせてもらおうかしら？」

「その前に、確かめたいのだが、ノーチェは俺を臣下か何かのように思っているだろう？　夫として扱っていない。そんな相手と、夜を共にしたいと思うか？」

「必要ならば、そうするべきですわ」

さすがに王女だ。自分の感情よりも政略結婚をした結果を――国益を迷わず選ぶか。

「では、三つ目の理由だ。夫婦としての関係を築かず、子作りだけを望むようなことをしたくなかった」

「……あなたが部屋へ来なかった理由はわかりましたわ。今回は不問ということにしておきましょう」

「それはどうも」

「ただ、第七王子とはいえ、ナジュース王国では、ずいぶんと甘い教育をされていますのね」

「これは俺個人の考えで、ナジュース王家の総意ではないが」

「そうですの。だとしても、そのような甘い考えの王子を政略結婚に使っている時点で、ナジュース王国もたかが知れますわね。しかたありませんから、今後は私があなたを教育してさしあげますわ」

「教育……？」

なんだか話の流れが不穏な方へと向かっていないか？

「理由はどうあれ、女――しかも、妻に恥をかかせるようなことをしたのですから、今日からは私の言うことに従うのです」

「従うとは……？」

問い返すと、ノーチェは嗜虐的な笑みを浮かべ、自分の前の床を指出す。

「まずは、そこに跪《ひざまず》きなさい」

「……ベッドの上でもないんだが？」

「ええ。だからこそ、自分の立場を理解できますでしょう？」

「俺の立場……？」

「クレインはナジュース王国の王族なのだから、帝国の王女である私に奉仕するのは当然のことですわ」

「はあ……。公務のときならばそれでもよいけど、ふたりきりのときは対等な夫婦だろうに」

「何を言ってますの？　公私に関係なく、どちらが上位なのかはっきりとさせるべきでしょう？」

「なるほど。それで俺にそこに跪けと？」

「もちろん、それだけではありませんわ。今まで夜に渡ってこなかったことへの謝罪と、私に従う証として、足を舐めることを許しますわ」

そう言うと、俺の前にノーチェが足を差し出してくる。

小さな体に合わせた、少し力を入れたら折れてしまいそうなくらいに細く、そして可愛らしい足だった。

「どうしましたの？　早く、舐めなさい」

冗談や、俺を試すためにやっているのではなさそうだ。本気でそうするのが当然だと思っているのだろう。

彼女は差別はしないが、区別はしている。

帝国王族の自分がナジュース王国において、最高位の人間であり、あとは全て自分に従うのが当然だと。

言葉を尽くしたところで、ノーチェの考えが根底から変わらない限り、永遠に平行線のままなのだろう。

面倒だがこの場でどうにかしないと、これから一生、こんな感じになりそうだ。

「さて、どうするか」

素直に言うことを聞くつもりはまったくない。だが、ただ抵抗したところで、ノーチェの性格が変わるとは思えない。

……女性に強く出るのはあまり趣味じゃないんだけれど、しかたない。

「私が、足を舐めることを許すと言っていますのに、いつまでそこでグズグズしていますの？」

「わかりました。では、失礼いたします」

足を差し出しているノーチェの前に跪くと、彼女の足に手を添える。

「そうそう、やっと自分の立場がわかって――」

そのまま細い足首を掴んでぐっと持ち上げると、小さな彼女の体をひっくり返すように、ベッドへと押し倒す。

「ひゃあっ!?　な、なにをしますのっ!?」

「何をって、妻としての責務を果たしてもらうだけだが？」

「放しなさい！　このっ、帝国の王女に対して、このようなことをして、許されると思っているんですの!?」

きっと眦《まなじり》を釣り上げ、睨みつけてくる。

「もちろん、思っている」

「な……!?」

まさかそんな返答をされると思っていなかったのか、目を丸くしている。

「今は、ノーチェは帝国王女ではなく、俺の妻だからな」

「私が、こんなことをしてくる相手を夫として認めるとでも？」

「それを今から確かめるんだよ。そうでもしなければ、ノーチェは俺のことを夫ではなく、自分の下僕のひとりくらいにしか見ていないようだしな」

「当たり前ですわっ！　自分の立場がわかっているのなら、放しなさいっ」

暴れて逃れようとする彼女の小柄な体を、ベッドに押しつけるようにして動きを封じる。

「くっ……！　やはり帝国の王族以外は、さかりのついた獣と変わりませんわっ。今なら特別に許さなくもありませんわ。だから――」

「何度も同じことを言わせるなよ」

強く言うと、ノーチェは軽く息を呑む。

まさか自分の命令を、まったく聞かない相手がいるとは思ってもみなかったのだろう。

「自分が俺の妻だということを、そしてもう帝国の王女ではないということを、しっかりと理解させてやろう」

「な、なにを……」

俺の本気を感じ取ったのか、ノーチェの顔が軽く引きつる。

いくら傲慢に振る舞っていても、それはあくまで王女としての立場が許しているだけだ。

こうしてただの男と女として向かい合えば、力の違いは明白だ。

少しばかり本気で押さえこめば、ノーチェはすぐに動くことができなくなる。

「だ、誰かっ！ 誰かいないの!? この無礼者を捕縛しなさい！」

声をあげるが、誰ひとりとして部屋へとやってこない。

もちろん、ノーチェ付きの護衛も含めてだ。つまりこれが、帝国側の意志でもあるということ。

この婚姻と子作りは、帝国が望んだことなのだから。

「人払いはしてある。いくら声をだしても無駄だ」

「く……！ 聖女と獣人もこんなふうに力尽くでどうにかしたのかしら？」

「そう思うのならば、後でロリエとシャフランに聞くといい」

答えながら、ノーチェの服をやや強引に脱がし、露《あらわ》になった白い首筋から鎖骨へと舌を這わせていく。

「う……汚らしい」

「肌はすべらかからで、良い匂いがするじゃないか」

「まるで犬のようですわね。だったら、最初から、私の足を舐めていればいいものを」

「そうかそうか。舐められるのが好きなのか」

わざと曲解して、俺はさらにノーチェの体を押さえつけながら舌を這わせていく。

「ん……ぐっ……犬っ、駄犬っ、お前のような男は、力尽くでなければ、女に相手にされないのね！」

「そうかもしれないな」

罵倒に取り合っていてもしかたない。俺は彼女の言葉を聞き流しながら、今度は肌に跡をつけるように、少し強めに吸いついていく。

「んっ、ちゅっ、ちゅむっ、ちゅ……ちゅむっ」

「本当に犬のように……んっ、あ、んううっ、やめ……やめなさいっ！　く……！　やめろって言ってますのに、駄犬っ！」

細い肩、そして首筋や胸元にキスをくり返し、さらに肌に唾液の軌跡を残していく。

少しずつ顔を下げ、はだけて露出した胸元――小さな体の割りには、十分に女らしいその膨らみへと向かう。

透けるような薄桜色の先端を、ちょんちょんと舌で突く。

「んっ、ふ……女の胸に、そんなに執心するなど、未成熟な子供のようですわね」

ふふんっと鼻を鳴らす。

胸を愛撫されているのに、そんな言葉が出るとはな。

「そうか？　では、子供らしく自由にさせてもらおうか」

唾液をたっぷりと乗せた舌を這わせ、ノーチェの乳房全体に塗り広げていく。

「ふぅ、ふぅ……んっ、は……」

快感までいかなくとも、相応の刺激があるのだろう。

ノーチェは頬を染め、吐息も熱っぽくなってきた。

そろそろいいか？　舐め回していた乳房から俺が顔を上げると、ノーチェは勝ち誇ったような笑みを浮かべる。

「ん……どうしたんですの？　犬の次は、未熟な子供になったのではなくて？　この程度のことで――」

ぎゅむっ。

「ひぐっ!?」

唾液に塗れた乳首を、少し強めに摘まむ。

「いっ、ぎっ。だ、だめですわっ。それ……そこっ、摘まんで、ひっぱらないでくださいませぇぇっ！」

両方の乳首をしっかりと指で挟み、乳房が円錐形になるほど引っぱる。

「やめっ、やめてと言ってますでしょう？　う、ぐうっ！」

「未熟な子供なので、よくわからないな」

とぼけて答えながら、唾液でぬらつく乳首を摘まんだままくりくりと刺激してやる。

「やめっ、やめてと言っていますの！」

「そうか。では、やめよう」

「え……？」

俺があっさりと言うことを聞き、乳首を解放してやると、ノーチェはきょとんとした顔をする。

「はあ、はあ……どうして……？」

「どうしてって、ノーチェがそう望んだからだろう？」

「そ、それは、そうなのですけれど……」

歯切れが悪い。どうやら、感じていたのは痛みだけではなかったようだ。

「やめたことが不満だったのか？」

「そんなわけありませんわ。ナジュース王国の王族は、まともに女の相手もできな――ひきゃっ⁉」

調子に乗って罵倒をし始めたノーチェの乳首を、再び摘まみあげる。

「そうだな。〝まとも〟な女の相手ならできるが、ノーチェのような女は、まともには相手をしないことにしたんだよ」

きゅっ、きゅっと先ほどよりも強く乳首を引っぱる。

「んくぅっ！　やはり、第七王子ごときには、この程度のことしかできないのでしょうね。雑魚王子らしい、失礼極まりないふるまいですわね」

「そうかそうか。では、雑魚王子らしく、王女さまに相手をお願いいたしましょう」

ロリエやシャフランとのときと違い、容赦も遠慮もいらないだろう。

俺は穿いていたズボンを脱ぎ、ペニスを取り出す。

「……ふふっ」

勃起している俺のものを見て、ノーチェは余裕を取り戻し、小馬鹿にするような笑みを浮かべる。

「ずいぶんと調子に乗っているから、どんなものかと思えば、たいしたことありませんわね」

「ほう……？」

「王女に対する礼儀も知らないあなたに、相応しい雑魚チンポですわ」

「俺のを雑魚チンポというのなら、まっとうな男はどういうものなのか、後学のためにも教えてほしいな」

「馬と、同じくらいのが……最高の男だと教えられましたわ。ですのに、あなたのは半分くらいしかありませんもの。雑魚チンポでしょう？」

「それ、誰に教えられたんだ？」

「……侍女のひとりですわ」

王女に付く侍女ともなれば、子爵以上の家の娘だろう。

貴族の女性というのは、まったくの無知なままでいるか、かなり歪んでいるいるかのどちらかのことが多い。

「他の男のイチモツを見たことは？」

「あるわけないでしょう！　私の純潔を疑うんですのっ!?」

怒りに顔を真っ赤にしている。

どうやら、自分の知識が歪んでいることもわかっていないようだ。

「別に疑う必要はない。嘘か本当か、この子作りですぐにわかるからな」

そう言って、ノーチェの股間にペニスを擦りつける。

「ん……ふ……え？　あ、あら……？」

自分の体と、俺のものを見比べて、やっと、どのくらい奥まで入るのかを理解したようだ。

ノーチェはやや顔色を悪くし、頬を引きつらせている。

割れ目を押し広げるように、俺のものの大きさや形、温度を教えるように、ゆっくりと往復させていく。

「ま、まちなさい。こんなものを私に――」

ノーチェが腰を揺すり、俺のペニスから逃れようとする。

だが、そんなことを許すつもりはない。

太ももをぐっと押し開き、俺は彼女の中へと、容赦なく、遠慮なく、一息にペニスを突き入れた。

「あ……………え？」

衝撃が後からやってきたのか、ブルブルと唇を震わせ、体を強ばらせる。

「ひ、ぐっ、うううううっ!!」

「どうしたんだ、王女様？　雑魚チンポが入っただけだぞ？　まさか、痛いとか言わないよな？」

「はっ、はっ、こ、このていど……痛みなんて…………くうっ。ん、はぁ……ざこ、ちんぽ……ぶんざいで……何を言って、ますの……」

大したものだ。結合部からは純潔の証が滲んでいる。たしかに処女だったはずだ。

「そうか。さすが王女様のおまんこは優秀だな。雑魚チンポを気持ち良さそうにギュウギュウ締めつけてきているじゃないか」

「んっ、はあっ、はあっ、はあっ……そ、それは……体が、勝手になっただけ、ですわ……」

息も絶え絶えだというのに、態度は変わらない。

これほど強引にしているのに、さすがというべきだろうか？

だがやはり俺には、ロリエと愛を確かめ合うようにするセックスや、シャフランとの半ばスポーツのような明るく楽しい性行為のほうが合っているな。

他の妻たちのことを考えながら、俺はノーチェのおまんこの形を確かめるように、隅々まで擦っていく。

「んはぁっ♥　どうして……王国の雑魚ちんぽ、こんな……いきなり……初めて、でしたのに……んっ、ああっ♥　はあ、はっ、あ……あぁっ、んぅっ♥」

痛みだけでなく、声にやや甘い響きが混じっている。

先ほどからの反応を見ると、屈辱や痛みも快感となる、マゾっぽいところがあるのかもしれない。

ノーチェも自分がどうしてそうなっているのか、よくわかっていないようだが。

「雑魚チンポにいいようにされている、ノーチェはどうなんだ？　雑魚まんこか？　ほら、雑魚まんこらしく、せめてチンポをしっかりと締めつけて、絞りとってみろ」

そう言いながら、俺は腰を振っていく。

狭い膣道を肉棒で押し広げながら、往復していった。

「んくぅっ♥ あっ、そんなの、んぅっ！ あぁ、んっ！ わ、私のような王女に、そのような暴言、許されると……ひゃあああっ!?」

乳首を口に含み、音を立てて吸いあげると、ノーチェは背中をぐっと反らしながら、甘い悲鳴を上げる。

「や、やめ……胸、乳首ばかり……さっきから、んんっ！ いい加減にしなさ……あっ♥ あはぁっ♥ 駄犬、駄犬！ それ以上は舐ないでと……んんんんんっ！」

ゾクゾクと全身を震わせる。

彼女は嬌声をあげながら、されるがままだ。

「どうした？ 王女様は、この程度で簡単に達したりしないだろう？ それとも、雑魚なのはまんこだけじゃなく、乳首もなのか？」

嘲るように言いながらも、俺はノーチェの生意気まんこを、さらにチンポで責めたてていく。

ぱちゅっ、ちゅぐっ、じゅぷっ。

動くたびにノーチェの中は熱く潤み、うねりながら肉棒を包み、絡みついてくる。

「も、もう、純潔だとわかったでしょう？ これで、十分ではありませんの？」

「……何を言っているんだ。夫婦の営みならば、これからが本番だぞ？」

「え……？ そ、そんなの聞いていませんわ……まだ、するつもりですの……？」

「当然だろう？」

「きょ、今日はもう終わりに……ここまでにしておきますわっ」

ノーチェは俺の胸に手をつき、押し返そうとしてくる。

「その程度の力では、無駄な抵抗でしかないぞ？　それとも、無理やりされたいから、わざとそうしているのか？」

小ぶりだが、形の良い尻たぶを両手でぐっと掴んで腰を引き寄せる。

「ん、くうっ！」

繋がったまま腰が密着し、ノーチェの狭い膣を、さらに肉棒が押し広げる。

「い、いや……いやっ、これ以上……したら、許しませんわ。もうやめなさい……やめて……」

「子作りだと言っただろう？　それに許してもらうのは、どちらのほうなのか、まだ理解していないようだな」

「や……やめ……やめなさいっ。雑魚チンポのくせにっ、こんなこと……んああっ♥」

「そんなことを言うだけの元気があるのなら、大丈夫だな」

それでなくとも不自由な態勢のまま犯されているノーチェを、いきなり激しく責めたてていく。

肉棒が抜ける直前まで腰を引き、打ち下ろすように根元まで突き入れる。

ずんっ、ずんっと、降りてきた子宮口を突き抜くように打ち、元の位置へと押し戻すように強く、腰を打ち下ろす。

「はぐっ、ひうっ！　んぐぅっ!?　あっ♥　やめっ♥　そんな、はげしく……されたらぁ……♥　ん

ああっ!!」

「どうした？　小馬鹿にされて、感じているのか？　乱暴に扱われて、感じているのだろう？　王女ではなく、ただの女として扱われて、感じているということだ」

ノーチェの体の奥に亀頭を密着させ、グリグリと擦りあげながら囁く。

「しょ、しょんなわけ、ありませ——んんっ」

反論を封じるようにキスをする。

ノーチェはわずかに抵抗をしようとするが、俺がそれを許さない。

唇を押しつけ、舌を強引に吸い出し、無理やり絡める。

「ん、んぐっ、はむ、ちゅれろ……んぶっ、ぴちゅ、ぴちゃ……んっ、んっ♥」

「無理やりキスをされて、気持ちがいいんだろう？　痛いくらいに強く愛撫をされて、気持ちがいいんだろう？　こんなにも強引にされているのに、気持ちがよくてたまらないだろう？」

問いかけは質問の形を取ってはいるが、彼女に言い聞かせるようなものだ。

「ひ、ひが……わらひ、王女れすのに……そんなわけ、ありませんわ……雑魚、ちんぽのぶんざいれぇ……」

「では、その雑魚チンポで、気持ち良くしてやろう。もう、イキそうなんだろう？」

ノーチェは自覚できないだろうが、その表情と体の反応を見れば、限界が近いのは一目瞭然だ。

「ち、ちがっ、こんらことで、わたしが——」

腹部を強めに押さえ、腰を深く突き下ろす。

「ひぐっ!?」

目を見開き、パチパチと瞬きくり返し、そして口を開く。

「んふああああああああああああああああっ!!」

ガクガクが頭を前後させ、小刻みに体が痙攣をする。ベッドに押しつけるようにして、押さえつけた状態だというのに、ノーチェは激しく跳ねて暴れた。

「はっ、はっ♥ あ、は…………い、いまの……なにが……おきましたの……は、ひゅ……わたくひ……なにが……」

息も絶え絶えに呟くと、ノーチェが力なく俺を睨みつけてくる。

「絶頂したんだよ。なんだ？　今までしたことがなかったのか？」

「は、はっ、あ、しらにゃ……こんなこと、だれも、おしえては……くれませんでしたわ……」

自分が達したことが理解できないようだ。

「そうか。では、今日ここで覚えるといい」

「え……？」

「そうすれば、少しは夫を敬う気持ちになれるだろうからな」

「こんなことで、私が屈服すると思っていますの？　雑魚チンポの分際でイキがっているなんて、滑稽ですわ」

「そういう言葉も、その侍女に教えてもらったのか？」

「…………………そうですわ」

「じゃあ、イキがっているのが俺かノーチェのどちらなのか、はっきりさせようか」

「へ……？」

何を言われたのか、わからないという顔をしている。

「まさか、これで終わりだなんて思っていないよな？　俺のほうはまだ、一度も射精をしてないだろう？　子作りなら、夫に射精をしてもらわなくちゃいないことくらい、知っているよな？」

ノーチェがしていたように、圧力をかけるような笑みを浮かべる。

「さあ——続きをしようか」

これで終わりだと思ったのか、やや勢いを取り戻してきたノーチェに、そう告げる。

「あ、あ、い、いやっ、やめ——」

顔を引きつらせるノーチェの体に、俺は覆い被さっていく。


「あーっ、あああぁっ……あ、ひゅっ……も、や……やめへ……おねが……やめへぇぇ……」

涙と鼻水、そして涎で可愛らしい顔はぐちゃぐちゃになっている。

あれから何度——いや、何十回、強制的に絶頂をさせたのか、俺も数えていない。

「それじゃ、次を最後にしようか」

「あ……」

虚ろになっていた目に、小さな希望の光が灯る。

「そ、れすの……やっと……わたくひが、くっぷくするわけないと……あきらへらみたい、れすわね……」

ろれつが回っていないが、抵抗の意思があるみたいだ。

ここまでやっても、まだそんなことを言えるのか。大したものだな、本当に。

「そうだな。屈服するかどうかは別にして……最後だから、その雑魚チンポを、ノーチェの雑魚まんこで射精させてもらおうか。王女なら、それくらい簡単にできるだろう？」

ひゅっと短く息を吸うと、ノーチェは顔を強ばらせる。

「や、やぁ………やだやだやだ……も、いやぁ……」

ボロボロと涙をこぼしながら、ノーチェが四つんばいになって逃げようとする。

まるで水の中を進んでいるかのように、緩慢な動きだ。

「そっか。最後は後ろからしてほしいのか。自分からおねだりをするなんて、ノーチェは雑魚チンポが気に入ったみたいだな」

小さな体のノーチェは軽い。

腰を掴んでぐっと持ちあげると、手足をバタバタさせる。

「ほら、ちゃんと後ろからしてやろう。尻をしっかりとあげるんだ。もっと高く、できないのか？」

「し、しないれ……ざ、ざこチンポだなんて……もう言いませんわっ、もう言わないとちかいますからっ」

「うん？　別に本当のことだし、いくら言ってもかまわないぞ？」

そう言いながら、すっかり開ききっているノーチェのおまんこにチンポを宛がう。

「それじゃ、入れるぞ」

彼女の返事を待たずに、一気にペニスを挿入する。

「んぐううっ!?　あ、あああーーーーっ!!」

ガクガクと全身を震わせる。

「またイッたのか？　初夜で、しかも雑魚チンポを相手にこんなに何度も絶頂するなんて、ノーチェはすごいな」

くり返し達して、痙攣し続けている体をベッドに押しつけるようにして、腰を使う。

すっかり降りてきている子宮口を押上げるようにグリグリと刺激してやる。

「んああぁああっ、や、へてぇ……おまんこ、こわへる……こわれちゃう……んんんっ、あーっ、あーっ」

ボロボロと涙をこぼしている。

どうやら本気で限界のようだ。それに、俺も余裕のある態度を取ってはいるが、じつはすでにいっぱいいっぱいだった。

「そうか。ノーチェが自分からおねだりするなら、イかせて、射精してやろう。そうすれば、本当にこれで今夜は終わりだぞ？」

パンッ!!

「ひぐうっ!?」

白いお尻に、うっすらと手形が浮かぶ。

「イキたいんだろう？　射精してほしいんだろう？　だったら、イクまで自分からお尻を振って」

パンッ！　パシッ！

ノーチェにお尻を振ることを強要するように、リズムをつけて叩く。

さすがに本気ではないが、それなりに力を込めている。

尻を叩かれるたびに、おまんこがチンポをぎゅっきゅっと締めつけてくる。

「そんなのんびりした動きじゃ、いつまでたっても終わらないぞ？」

「ひゃ、ひゃい……します……だから、らひて……雑魚まんこに、しゃせーひて……んっ♥　んあっ♥　んっ♥　んっ♥」

もう意地を張る余裕もないのだろう。

ノーチェはぎこちないながらも、自分から腰を必死に振りたくる。

これだけ何度もしたのに、ノーチェのおまんこはその体の小ささに合わせ、キツいままだ。

痛いくらいの刺激に、俺も限界を迎える。

「出るぞ、ノーチェ！」

「あ、は……らひて……だひて、くださいぃ……」

「お、おおっ!!」

ノーチェの子宮口を押し広げるようにチンポを突き入れ、その中へと全てを放出する。

「んぐっ！　んお……♥　あっ♥　あぅん♥　あひゅいの、れれ……あ、これで、おわり……」

半ば意識を失いながら、そう呟くノーチェ。

だが、それは甘い認識だ。

腰を抱き込むようにして、愛液でぬらつくクリトリスをひと撫でし——ぎゅむりっと、強く指で挟みながら引っぱりあげる。

「ひぐうううううううううううううううううううっ!!」

悲鳴にしか聞こえない絶頂の声と共に、全身を跳ね踊らせる。

「あ、あひゅ…………………あ、あぁぁあ…………………」

肺の中の空気を全て吐き出し、ノーチェは糸の切れた人形のように脱力した。

「…………ノーチェ？」

「ひゅーっ、ひゅ……か、ひゅ……は……あ、ひゅ……」

完全に失神している……やりすぎたか？

とはいえ、ここまですれば、今後は夜の生活で自分が上だとか、雑魚チンポとか言わなくなるだろう。


窓から見える空が、淡く色付いてきている。

ずいぶんと長いこと彼女を責め続けていたからだろう。

俺の隣では、ノーチェがだらしなく足を開いたまま、ぐったりとベッドにうつ伏せている。

「ノーチェ」

名前を呼んでも、応えない。ただ、びくりと体が震えたので、寝ているわけでも、失神しているわけでもないようだ。

「起きているんだろう？　ちゃんと答えたらどうだ？」

パンっと、ノーチェのお尻を軽く叩く。

「ひゃんっ!?　も、もう……いきなりそんなことをするなんて……どういうつもりですの……？」

「なるほど。いきなりでなければ、こういうことをしても良いというわけか」

「そ、それは…………」

視線を逸らしたノーチェの頬がうっすらと赤く染まる。

先ほどまでの行為の結果か、ノーチェは少しは俺との関係を理解したようだ。

「あれだけ喘ぎ続けたんだ。喉が渇いただろう？」

「……そうですわね」

夜、目覚めたときに飲めるように用意しておいたワインをグラスに注いで、ノーチェに手渡す。

せっかく〝わかりあった〟のだから、ふたりきりで話をしたかった。

普通のグラスだというのに、ノーチェが持つと大きく見える。

無言のまま、何度か口をつけてはいるが、こちらを気にしてちらちらと視線を向けてくる。

「……無理をさせたか？」

「ええ。あんなふうに扱われるなんて、思いませんでしたわ。私、帝国の王女ですのに……」

「今は、俺の三番目の妻だろう？」

「……不本意ですけれど、認めるしかないようですわね」

ノーチェは決して愚か者ではない。それは言動からもよく分かる。

王国と帝国にとって、子作りは最優先だ。自分の助けの求めに従者たちが応えなかった意味も、よく理解したのだろう。もちろんそれは、帝国を出されて嫁いだときからわかっていただろうが。

「だったら、かなりわがままを言っていたけれど、今後は少し控えてくれ」

「……わがまま？」

きょとんとした顔をしている。

まさか、あれだけのことを無自覚にしていたというのだろうか。

「ドレスのデザインが古いと言っていただろう？」

「王族の妻であれば、新しい流行を作り、文化を広げる必要がありますわ。そうすることで経済を活性化させるのも仕事の一つですもの」

あれ？　自分が身に着けるのに相応しくないとか、てっきりそういうわがままだと……。

「じゃあ、食事をもう少し帝国風の味付けにするのは？」

「私が王国に来たので、帝国からも少なくない人間がこちらに来ましたわ。食事の違いは不満を生みやすいので、帝国人も喜んで食べるものを用意しておけば、ある程度は防げるでしょう？」

「あ、うん。そうか……」

これも、王国の料理の味が気に入らないとか、そういうことだと思っていた。

「最後にもう一つ、聞きたいんだけれど、ノーチェの夫だから豪華な屋敷に住めって言ったのも理由があるのか？」

「帝国は王国を下に見ていますわ。いくら帝国側が望んで私が輿入れしたとしても、扱いが悪いとなれば、それを理由にして、帝国側の貴族が何を言い出すかわかりませんわ」

「……なるほど」

一つ一つは、ちゃんと話を聞けば理由がある。

彼女は帝国の姫なのだ。そういう教育はしっかりと受けていたということか。これは、俺のほうも認識を改める必要があるな。

「わかった。俺もできるだけのことはしていこう。だからノーチェもいつまでも帝国の王女のつもりではなく、王国の第七王子の妻だと自覚してくれ」

「いやですわ……と言ったら？」

「そんなことを言えなくなるまで、ふたりで寝室に籠もるか」

「……脅迫ですの？　まったく、お父様と違いすぎますわ」

「皇帝陛下と比べられてもな。自分だって、そう言っただろう？」

「そうですわね……でも、普段の雑魚王子にしては、なかなかでしたし、あんなふうにされるのは嫌いではありませんでしたし……」

独り言のように、何かを呟いている。

「ちゃんと、私のことを妻として愛するのでしたら、考えてあげなくもありませんわ」

そう言って、強気な笑みを浮かべた。

あの日のことがあったからか、ノーチェの〝わがまま〟はそのままだが、周りに強く当たるような態度を取ることは、目に見えて減った。

とはいえ、人間はそんなに簡単には変わらない。

ふとした瞬間に、『帝国王女のノーチェ』であった頃のような態度が顔をのぞかせる。

全てを抑えこむのは不可能だし、そこまではノーチェも受け入れることはないだろう。

それに、俺に対してならば、暴言をいくら吐いたところかまわないので、ある程度は好きにさせている。

もっとも、ベッドで彼女とふたりきりで過ごすことになったときは、何度も同じように彼女を抱いて、俺たちの関係を〝わからせて〟やることになったが。

夜に彼女を抱くようになってから、昼の生活も以前よりも落ちついたようだ。

他の妻たちと集まって、お茶をしながら話をしている姿を見かける回数も増えた。

「私たちの旦那様は、もう少し妻を労るべきでしょう?」

「ボクはもっと激しくてもいいかなー。そのほうが楽しくて、気持ちいいだろうし」

「わ、わたしはクレインさまに優しくしてもらってますから……」

「そうですの？　なんだか、私だけ扱いが違うような気がするのですけれど？」

でしょ？」

「そうかな？　前に比べて、ノーチェの表情は柔らかくなってるよ？　夜だって、別に嫌じゃない

「そ、それは…………多少は強引でも、男を受け入れてやるのが妻としての役割だと言われている

からですわ」

「へえ……そうなんだ。ボクももう少しクレインに優しくしてみようかな？」

……離宮の東屋《ガゼボ》とはいえ、もう少し声を控えてもらいたい。

まあ、妻同士が仲良くやっているのは、喜ばしいことだ。

少し前にもロリエの提案を聞いて、三人は街を——孤児院や、スラムの一部を見てきたようだ。

それは良いのだが——。

「クレイン、あなたは、国のあのような状態を知っていて放っておくつもりなんですの？」

「ロリエと行ったスラムのことか？」

「そうですわ。私は、帝国王族以外は平等に価値がないと言ったのに！　だというのに、どうして

あの子たちはあんなに痩せ細って大変な生活をしているのかしら？」

どうも言い回しは気になるが、彼女なりの気遣いらしい。

「そう言われても、そういうのは父上——国王や兄上たちが対処すべき問題だから……」

「のんびりしている時間はありませんわ。クレイン、あなたがなんとかなさい！」

「えっ!?」

「ノーチェ様は、とってもお優しいんですね」

「は……？　そ、そんなんじゃ……」

「わたしにできることがあれば、何でも言ってください。お手伝いします」

「それは良い考えだね。ボクもできるだけ手伝うよ」

「ではさっそくだけれど、ロリエは聖女なのでしょう？　だったら、それを利用して神王国に交渉しましょう」

「いえ……わたしはあの国では、あまり歓迎されていませんでしたから」

「たとえそうであっても、今も〝聖女〟であるあなたが、民のためを思って声をあげるのよ？　無視できるわけないじゃない」

「……確かにそうだな。ノーチェの考えは一考に値すると思う」

「帝国は自国のことだけしかしないわね。だから元帝国民や、賛同する意思のある人間にだけ声をかけて、子供たちを迎えにこさせましょう」

「そのようなことは可能なのかい？」

「私を誰だと思っているの？　クレインの妻になったとはいえ、帝国の王女なのよ？　それくらいはやらせるわ」

「あとは、獣人連合かな。あそこは、子供はある程度は面倒をみることはできるけど……」

「獣人以外も受け入れているのならば、狩りができそうな子とか、戦えそうな子とかならどう？」

「そうだね、自分で生きていこうとする子供なら大丈夫だと思う」

「私たちにできるのはこれくらいね。あとは旦那様にがんばってもらいましょう」

「……三人そろっていきなりやって来て、俺の執務室で会議を始めたと思ったら……そういうことか」

「それで、私の旦那様なのだから、これくらいはどうにかしなさいよ」

「クレインさま、お願いします」

「クレイン殿、頼めるかな」

三人の提案は純粋で美しいものだし、国としてもメリットのあることではある。

……とはいえ、第七王子の俺が政《まつりごと》に積極的に首をつっこむべきではないとわかっている。

「はあ……」

だが、しかたない。できるだけ目立たないように動くしかないか。

「……わかった。父上――陛下と王太子殿下に話をしておく」

「ふふっ、そうでなくてはえ」

「ありがとうございます、クレインさまっ」

「さすがボクたちの夫だね」

「……妻たちに信頼の眼差しを向けられて、応えないわけにはいかないだろう？」

孤児や難民の問題は簡単には解決しないだろう。

だが、少しずつでも状況は良いほうへと変わっていくように願った。

夜になり、今日の順番はシャフランだ。

ロリエとふたりを同時に相手するのも嫌いじゃないが、ひとりとじっくりとするのもやはりいい。

だが、今日はすぐに性行為をする気になれず、ベッドに横になった後も、俺はうなっていた。

「……どうしたんだい、ずっと難しい顔をしているぞ？」

「この前のことを考えていたんだよ」

「そういうことか。それで、どうすればいいのか考えついたのかい？」

「いくつかは。けれども、どれも第七王子の手に余るんだよな」

「へえ。例えば？」

「そうだな――」

答えを期待しているわけじゃない。だが、誰かに説明することで、状況の整理もできる。

「……というわけだ」

「そっか。でも、クレインならきっと良い方法を考えてくれるはず。期待しているよ」

「たとえば、獣人連合ではどうしているんだ？」

「女と子供は救うけれど、オスは力を失うくらいなら、最後は戦って死ぬことを選ぶかな」

あっさりと答えているのは、それを当然だと思っているからだろう。

「クレインがひとりで全部を背負う必要はないだろう？　英雄だって、共に戦う仲間がいなければ、戦争には勝てないんだ」

「……そうだな」

「それに、せっかくふたりきりだというのに、ボクのことはどうでもいいのかな？」

「ああ、すまない。そうだな……妻と過ごす時間を大切にしないとな」

そもそも、俺のもっとも重要な役割は、この政略結婚で各国との繋がりの強化をすることだ。

「うん、わかればよろしい……と言いたいけれど、お詫びにボクの望みを聞いてほしいな」

「……望み？　どんなことなんだ」

新しい剣とかだろうか？

それとも一緒に盗賊退治とか、魔物退治とか？

「ノーチェに聞いたよ。かなり激しくやりあったみたいじゃないか」

「うん……？」

初夜のことか？　たしかに、ノーチェを〝わからせる〟ために、少しばかり普段とはやり方を変えた。

「ボクとのときはいつも優しくしてくれるけど……そういうこともできるなら、しようじゃないか」

「たぶん、ノーチェの言う激しいというのは、シャフランが想像しているようなものじゃないぞ？」

「そうなのかい？」

しゅんとした顔をしている。

そんな態度をされては、夫として応えないわけにはいかないよな。

「……わかったよ。ノーチェにしたのとは違うやり方になるが、今日は激しくしようか」

「ボクは、クレインのそういうところが好きだよ」

ノーチェとは真逆で、シャフランは感情表現が素直なんだよな。

「ねえ、早く始めよう」

待ちきれないとばかりに誘ってくるシャフランは、まるでこれから一緒に武術の訓練をしようとでもいうような表情だ。

……彼女が満足するように、がんばるとしよう。

「ボクのまだ知らない、クレイン殿の本気を見られるんだな。楽しみだよっ」

期待に目をキラキラとさせている。

裏切れないと思うと同時に、ノーチェにしたようなことはできないな、と思う。

あれはノーチェに理解してもらうために必要だったことであり、シャフランには不要なことだからだ。とはいえ――。

「本気、か……」

性行為の経験があまりないシャフランは、セックスで俺よりも優位に立ったことはなかった。

だから、いつも一方的に責められるばかりなので、少し手加減もしていた。

そういったところも獣人としては、気になっていたのかもしれない。

「わかったよ。それじゃあ……始めようか」

「んんぅっ!?　ちゅふ……んんぅっ♥」

期待に胸を膨らませるシャフランに、まずはキスをして包み込んだ。

「ちゅふっ、んちゅぅ……んあっ、はんぅ……舌を入れてくる、激しいキスだな……んちゅっ、んふぅんっ♥」

今までも好評だった、舌を絡ませる深いキスで、シャフランの口内を少し大胆に蹂躙する。

「んちゅむぅ……んちゅっ、んりゅううぅ……れるっ、ちゅふぅんっ♥」

思ったよりも、かなり耐えているな。

「んむぅんっ!? ちゅはっ……シャフラン？ んんぅっ!?」

というか、むしろ積極的に舌を絡ませ、ほのかに甘い唾液を交換してきている。

「ちゅふっ！ んんんぅ……シャフラン、甘いキスが好きだっただろ？ もしかして、もう飽きたのか？」

「そんなことはないぞ。大好きだ！ ふふん。どうやらキスでおかしくならなかったから、戸惑っているようだな？」

「まあ、そうだけど……」

なんでドヤ顔をしているのかよくわからないが、シャフランは得意そうに続ける。

「ボクもキスはいっぱいしたからな。これくらいで、おかしくなるようなことはもうない！ まあ、気持ち良くなるけどな」

「なるほどね」

どうやら慣れてきただけらしい。

まあ、それでもすでに脚が少し震えるほどに、感じているのは見逃さなかったけど。

「ん……では、今度はボクからしてあげようっ♪」

「え？　おおぅっ!?」

遠慮なく豪快な勢いで彼女の手が伸び、俺の股間をさすってきた。

「ほ、ほほーー……まさかこんなに大きくなっているとは……」

肉棒に興味があるのがバレバレのシャフランは、少しにやけながら、俺の形を確かめるようにしっかりと擦ってくる。

だがやはりズボンが邪魔で、もどかしさがある。それはシャフランも同じだったようだ。

「んぅ……クレイン殿？　これは窮屈なのではないか？　えと……では出したほうがよいのだよな？　な？　そんなわけで……えいっ！」

「は？　おわっ!?」

返事を聞く前に、強引にズボンをパンツごと脱がして、勃起した肉棒を握ってくる。

自分もすっかり、服を全部脱いでしまっていた。

「わっ、熱い……んんぅ……これがクレイン殿のモノなのか……こんなすごい塊がボクの中にいつも入っていたとは……きちんと見ると、ものすごいたくましいのだな。これではいつも負けてしまうわけだ♥」

「くっ……すごくいい擦り方だ。正直、びっくりしたぞ」

「ふふっ、そうだろう？　ノーチェからイロイロと話を聞いて、ボクもぜひクレイン殿を気持ち良くさせてあげたいと思ってな……はあぁ……こうして手の中でビクついてくれているのは嬉しいぞ」

「くっ……そうか。よくできた妻を貰って幸せだな、俺はっ」

「うやんっ!?　はうっ、あぁぁんっ♥」

しっかりと主張してくる揉みごたえのある胸を掴み、少し荒く愛撫すると嬉しそうな声を上げた。

「はうっ、んあぁっ！　あうっ、んんぅ……ちょ、ちょっと待ってくれっ、あんぅ……まだボクの番だから、こんな不意打ちで気持ち良くさせられては……んんぅっ！　あうっ、くはぁぁんっ♥」

「そういうのは順番なんて関係ない。気持ち良くなれればどちらでもいいんだ。ほら、シャフランもこんなに興奮してくれてる」

「ふぇぇんっ!?　なっ、もう下のほうもっ!?　んはぁぁんっ♥」

片手で胸を揉みつつ、さらに股間も愛撫すると、シャフランが大きく体を震わせた。

「んあっ、はぁぁんっ♥　あうぅ……なんてことだ……クレイン殿に触られると、ボクの体は自然と火照ってしまうぅ……あうっ、んぅっ！　これでは思っていたように動けない……あぁっ♥」

感度が高くなっているシャフランは、どこを触っても敏感に反応してくれる。

それは俺の男としての部分を刺激する。

「ははっ。とってもいい顔をするようになったな。まさにメスの顔だ」

「んんぅっ!?　あぁっ、もうっ……今日はボクがクレイン殿を気持ち良くさせるのだから、ここまでだっ！」

「は？　おうっ!?」

グルンっと視界が回ったと思ったら、ベッドに押し倒されていた。

「ふふ。おとなしくしててもらおう。今日はこのままするぞっ♪」

「うっ……このまま？　おふっ!?」

そしてそのあまま跨《また》がられる。

「はあぁ……このたくましいモノを再びボクの中に♪　んんぅ……それじゃあ、入れるぞ……くぅんっ！　ふはあぁぁんっ♥」

「くぅっ！」

腰を大きく上げると、熱い膣口に亀頭を自分で導き、一気に腰を落としてきた。

「はうっ、くううんんぅ……ああぁんっ♥　ああぁ……ちゃんと入ったみたいだな……あぁ……奥のほうまでクレイン殿でみっちりと詰まっているようだ♥」

「ん……よくできたな。ここまでするほどエロくなるとは……シャフランの努力には驚かされる」

「ははっ、これだけで驚かれては困るな。きちんとこの後も、気持ち良くするのだから……なっ♥」

「え？　あっ……おおっ」

器用に挿入したシャフランが、様子を確かめながらゆっくりと動かし始める。

「んあっ、はんんぅ……あっ、ああぁんっ♥　はあぁ……このゴツゴツとしたモノが擦れる感じは、いつでもたまらないな……んはあぁっ♥　ああっ、んんんぅ……クレイン殿のほうはどうだろうか？ちゃんと良くなっているかな？」

「ああ、思っていた以上だ。さすがはシャフランだな」

「あうっ、んんぅっ♥　そう褒められると、ますます腰が動いてしまうなっ♪　んんっ、んはっ、あぁっ♥」

体を動かすのが得意なせいだろう。

騎乗位での奉仕は初めてのはずなのに、特に変な角度でのピストンになることはなく、しっかりと咥えこんで、リズミカルに腰を振る。

「はつ、はあぁっ♥ きゃんんぅっ！ あはっ♪ 中で跳ね上がったようだぞ？ んんっ……ああぁんっ♥ クレイン殿を満足させることが、きちんとできているようだなっ、あぁぁっ♥」

「んっ……ああ……これはすぐにでも出そうだ……」

淫らな水音も関係なく、大胆な腰使いでシャフランは責め立ててくる。

確かに気持ちいい。

だけど、このままなにもしないのは、やっぱり寂しい。

なにか俺にもできるとはないか？

「はっ、はうっ、んはあぁんっ♥ いい……これはとってもいい気分だ……あっ、ああぁんっ♥」

俺を責めることにも、満足感を得ているようだ。今日は俺が強引にすると言ってはみたが、これではすっかりシャフランのペースになってしまっているな。

「う、うん……ん？」

大きな射精感をなんとか乗り越えながら、そんなことを考えていると、指先に柔らかいものが軽く当たってきた。

「お？ そうか……ここを」

「えあっ!? ふやあぁんっ♥」

指先に当たった尻尾を軽く掴むと、全身を震わせて膣口をきつく締める。

「あうっ、んんぅっ！　し、尻尾を触るのはだめだって。そこは……はううぅんっ！　あっ、ああっ♥」

ふさふさとした感触を楽しみながら、彼女の尻尾を撫で擦る。

「んっ♥　んあっ、あ、だめぇ……♥」

普段は凜々しいシャフランが、蕩けた顔を見せる。

「ははっ。そう言えば尻尾は敏感だったな。こんなに嬉しそうに振っていたら、触りたくなる」

「あうっ、そんなイタズラをして……んぅ……でもボクだってぇ……負けてないっ！」

脚に力が入らないようで膝をガクガクさせながらも、シャフランは体を上下させる。

「んっ、んっ、んうっ、はっ、はっ、んあっ、はあぁぁんっ♥」

息を乱し、腰を跳ね踊らせる。

「なっ⁉　くうぅ……ここまでしても、まだ動きが鈍らないとは……さすがはシャフランだ……おふっ⁉」

「んあっ、はぁんっ♪　んふふ……クレイン殿？　あっ♥　あんぅ……イキたくなったら、いつでも出していいんだぞ？」

いたずらっぽく言いながら、さらに責めたててくる。

「んはぁっ、はぁんっ！　あんぅ……そうは言っても、これは結構、ボクもきちゃってる……んんぅっ！　でも大丈夫っ♪　こんなときも、ちゃんと動かし方は……んんっ、はぁんっ♥」

感じすぎて、脚に力が入らなくなったようだ。

今度は完全に尻を下ろし、密着した状態でぐりぐりと円を描くように腰を回してきた。

「うっ……まさかそこまでしてくるとは……おおっ!?」

「んあっ、はあぁんっ♥　あぁぁ……これも、違うところにおちんちんが擦れてっ、新しく気持ちいい場所っ、熱くなるぅっ！　あぁぁっ♥」

愛液が溢れ、襞《ひだ》の多い膣道が亀頭と擦れ合う。

そして膣口の締め方も強くなり、奥がどんどん熱くなってきた。

「あふっ♥　んっ、んはあぁっ！　あぁぁこれも気持ちいいぃっ♥　あっ、はんんぅ……クレイン殿、どうだっ？」

「ああ、すごくいい、これは本当に余裕がなくなるほどだ……くっ!?」

「あっ、ああぁっ♥　はうっ、んはあぁんっ♥　ボクもっ、最高にっ、体が火照って欲しがってるよぉっ♥」

シャフランは大胆に腰を振りながら、こちらを見下ろしてきた。

「あっ、あうっ、んはあぁんっ!?　また奥でビクンって……あぁぁっ！　これっ、今までいちばんっ、感じるううぅっ♥」

髪を振り乱しながら腰を振る彼女。そのおっぱいも大きく弾んでいる。

「あふっ、ん、はぁっ♥　あっ、ん、くぅっ！」

俺は揺れるおっぱいを見上げながら、快感に身を任せていった。

「おお……シャフランの元気な胸も、また素晴らしいな……」

「んあぁんっ!?　やうっ、んんぅっ！　そんなに見つめられると照れる……でもなぜだろう……クレイン殿に言われると、もっと気持ち良くさせたくなるのだ……んっ、んあぁっ！」

「ちょっ!?　おふっ、これは激しすぎるのでは？　おおぅっ！」

任せすぎていたら、すぐに限界が見えてくる。

「んえ？　きゃはあぁんっ!?　あっ、ああぁっ♥　ボクの奥をグインっとほじるように、力強く反り返ってきてるぅ……あっ、んくうぅんっ♥」

「ああ……そろそろイクぞっ！　シャフランっ、いいな！」

「んえぇんっ!?　あっ、急につかんで……んはあぁっ!?」

最後に俺のほうからも、力いっぱい突き上げた。

「はうっ、んはあぁっ♥　ああっ、激しいぃっ♥　クレイン殿っ、ボクもっ、ボクもっ、イクイクイクうううぅっ！」

「くっ！」

ドププッ！　ドビュルッ、ビュピュッ、ビュクビュクッ！

「くふううぅんっ！　んあああぁぁぁっ♥」

シャフランが腰を下ろすのと同時に、俺も腰を突き上げて、痙攣する膣奥へしっかりと亀頭を押し当てながら、精液を放つ。

「んいいぃっ!?　ふあっ、はあああぁ～～っ♥　ボ、ボクの奥でぇ……熱いのがいっぱい弾けてるう……んはあぁ……♥」

何回も跳ね上がる肉棒をしっかりと受け止め、シャフランはうれしそうに、汗ばむ肌を光らせた。

「はあ、はあ、はあ……たのしかったねぇ……」

「そ、そうだな……」

さすが獣人の中でも、盟主を務めている家の娘だ。

シャフランとのセックスはいつも、俺の思っている以上に激しい。

ロリエと共に3Pをしたときも大変だったけれど……あれでも手加減をしていたみたいだ。

「ねえ、やっぱりふたりでするのもいいね。また遠慮なしでしようよ」

「……そのときはお手柔らかに頼むよ」

「そうだね。でもこんなふうに、オスを――クレインをボクから責めるのも、いいものだね」

ぽつりと呟くと、顔を赤くする。シャフラン本人は気付いていないようだが、昼は凛々しいくらいなのに、夜になると本当に可愛らしい。

疲れ切っていたはずなのに、イチモツが硬く反り返る。

「え？　クレイン……？」

「もう少し、しようか」

「ふふっ、受けてたつよ♪」

俺たちは笑顔を交わして、唇を重ねた。

第四章　王国の興廃、ハーレムにあり！

ナジュース王国の国益のために、家庭内の調和を考えずに行われた政略結婚。

妻となる女性がどのよう相手であっても、受け入れるしかないし、その覚悟もしていた。

できるのならば、妻となった相手とうまく付き合っていければとは考えたいた。

そしてそれは、どうやら達成できそうだった。


三人の妻たちはそれぞれが背負うものが違い、出身国も違い、考え方も違う。

普通なら、どうしたって他人と衝突する部分があるのは当然だ。

だから、一人が二人に、二人が三人に増えた当初はどうなることかと心配もあったが、杞憂だったようだ。

今となっては、俺は運が良く、恵まれていたと言えるだろう。かわいらしくエロエロな妻たちと、日々を楽しく過ごしているのだから。

とはいえ、今の状況にただ甘えていてはいけない。

不満というのは、見えない場所で生まれ、澱《おり》のように溜まっていくものだ。

気付いたときには手の施しようがない状態だった、などということになりかねない。

だから、政務の合間にできるだけ彼女たちと会い、話をして、触れ合うようにしている。

……というのは建前で、俺が妻たちと共にいたいだけなのだが。


今日は俺のすべき仕事はそれほど多くない……といえば、いつもは忙しく過ごしているように聞こえるが、そんなことはないのだけど。

今は帝国から交易についての話し合いをするために、使節団がやってきている。

王宮は、その対応に追われているので、急ぎでない仕事は全て後回しになっていた。

もともと、俺のやる仕事に急ぐようなものはほとんどないし、公的な場に顔を出すような予定もない。


終われば自由になるとなれば、集中力も違う。

俺はいつも以上にすべきことを終わらせ、気分転換も兼ねて庭へと出ることにした。

妻の誰かがいれば、のんびりとお茶でもと考えていたのだが、あいにくとタイミングが悪く、三人とも用事があるようだった。

たまにはひとりで過ごすのも悪くない。

自分に言い聞かせるようにそんなことを考えながら、ロリエたちのお気に入りの場所、いつもの東屋《ガゼボ》へ向かう。

「……ロリエ？」

途中、ロリエの姿を見かけた。

今から出かけるのか？

それにしても、連れているのは護衛と侍女のひとりずつのようだ。少し不用心じゃないか？

「ロリエ！」

声をかけると、こちらに気付いたロリエが、ぱあっと笑顔を浮かべる。

「クレインさま、お仕事はもういいのですか……？」

「思ったより早く終わったんで、お茶でもしようとみんなに声をかけたんだが用事があると言われて……ロリエも、今から出かけるんだろう？」

「はい。申し訳ありません。これから……あ」

ロリエは、俺を見つめて少し考えこむ。

「クレインさま。よろしければ、ご一緒しませんか？」

こちらから提案しようとしていたところだったから、渡りに船だ。

「かまわないぞ。それで、どこへ行くんだ？　町へ出るのならば、護衛は増やしたほうがいい」

「いえ、今日は町ではなく、王都の森に行くつもりなんです」

「ああ、あの森か」

城壁内にあり、王族や貴族が狩りをしたり家畜を放し飼いにしている場所だ。

俺も子供の頃から、気の向いたときに何度も遊びに行ったことがある。

確かに、あの場所ならば危険もないだろう。とはいえ――。

「はい。人も魔物もいないそうですので、護衛も多くは必要ないと聞いたのですけれど……」

「ロリエは、第七とはいえ王族の妻で、今はまだ『聖女』なんだ。魔物だけでなく、人に——害意のある相手への警戒も必要だぞ？」

修道院は、周りを魔物が棲む森に囲まれていた。だからこそ、聖女が祈りで清めていたのだ。

そして王宮にはある意味では、森の魔物よりも恐ろしい魑魅魍魎が暮らしている。

現在はまだ王が健在で、後継者も決まっている。

それでも、俺や、俺の妻たちを排除しようとする勢力がいないわけではない。

とはいえ——。

「脅《おど》かしてしまったようだな。すまない。ロリエのことが心配だっただけだ」

「いえ、クレインさまの仰るとおりです」

「俺が一緒にいれば、いくらかはましなはずだ。ということで、一緒に行こうか」

「はい、お願いいたします」

馬車に揺られて三十分ほど。王都の森というその名の通り、王都からそれほど離れていない。

王族や貴族が狩りなどで利用することも多いので、昔からしっかり管理をされてきた土地だ。

広さは王都の数倍程度。国軍の訓練を兼ねて定期的に、人に危害を与える動物や魔獣は排除されている。

それもあって、王都の森は貴族街を歩くのと変わらないくらいに安全な場所ではある。

「王都の傍にこんなところがあったんですね」

「聖女のときには来ていなかったのか？」

「はい。聖地ではないので、ここへ巡礼で来たことはありません。女神様に祈りを捧げる祭壇もないようですし」

「そういえば、この場には遺跡や神殿もないな」

「だからかもしれませんね」

そんな話をしながら、ロリエの歩調に合わせて一時間ほどかけて森を歩く。

ここまでくれば、いくら王都の傍の森とはいえ、街の喧騒もまったく聞こえず、人の作った建物も見えない。

木漏れ日が優しく差し、葉擦れの音が耳に優しい。

「この森は、とても歩きやすいですね」

「そうだな。何代もかけて森を守っている一族がいて、手入れをしっかりとしているからかな」

自然を損なうことなく、人が過ごしやすいようにしてある。

当たり前のように感じていたが、恐ろしいほどの時間と手間がかかっているはずだ。

「……そうなんですね」

ロリエは立ち止まると、目を閉じて両手を大きく広げると、濃くなった緑の香りを味わうように、ゆっくりと深呼吸をする。

「大地も、植物も、ちゃんと生きて喜んでいるみたいです。きっと、管理をしている方々が愛情を込めているからでしょう」

ロリエは、慈しむようにそっと樹に触れる。

その姿は神々しくも美しく、自分が一幅《いっぷく》の絵の中に入りこんだような、そんな錯覚を感じる。

「そういえば、聖女は、祈りを捧げて大地や森に力を満たすんだったな」

「はい。ですので、ときどきこうして自然豊かな場所へ来て、祈りを捧げるようにしているんです」

聖女として自然と密接な関わりがある彼女は、こうして森を歩くのも好きらしい。

「よければ、もう少し奥へ行ってみるか？」

ロリエの手を取り、並んで歩きだす。

「この森は、とても歩きやすいですね」

「あの修道院の周りに比べたら、大抵の森は歩きやすい場所になるんじゃないか？」

ロリエが暮らしていた修道院は、国境近くの深い森の中に半ば埋もれるような場所だった。

「ふふっ、そうかもしれませんね」

あの場所には、良い想い出ばかりではないだろう。けれども、ロリエは笑うことができる。

それは、俺の妻になったからだと、うぬぼれたいものだ。

「わたしが、こうしていられるのは、クレインさまのおかげです」

「え……？」

まるで俺の心を読んだかのように言うと、ロリエはくすりと微笑む。

「あの場所で暮らしていたときの私は、ただ生きているだけでした。聖女になった後は、自分の知らない誰かをただ救うために祈るだけでした」

ロリエは空を見上げ、独り言のように言葉を紡ぐ。

「『聖女』となっても、すべての人を救うことなんてできません。母を病気でなくした子供に『どうしてもっと早く来てくれなかったのか』と言われ、深い傷を負った恋人の後遺症を治せずに『なぜ、ちゃんと治らないのだ』と罵倒されたこともあります」

人の欲望は深い。

救いの手を差し伸べられても、それを当然のものとして感謝をしない人間もいる。

「そんなときは、よく森で過ごしていました」

「……しばらく、ひとりにしたほうがいいか？」

もともとは、ひとりで来て静かに祈るつもりだったようだしな。

俺がそう問いかけると、ロリエは首を左右に振る。

「クレインさまに、一緒にいてほしいです」

「わかった」

俺はその言葉に頷くと、護衛としてついてきているミーントを呼ぶ。

「しばらくの間、俺たちをふたりきりにしてくれ」

「……ロリエ様に仰っていたように、クレイン様も守られるべき王族だって自覚しています？」

「わかってる。だから、これを持ってきている」

試しのダンジョンに潜ったときにも利用した、周りに害意ある者がいるかを判別する魔術道具だ。まったく反応がないということは、つまり安全だということ。

「それに、いざとなれば、逃げるくらいはできる」

「はあ……言っても無駄みたいですね。わかりました。ですが、二刻しても戻らなければ、探索隊を組織しますからね？」

「ロリエとふたりで過ごしたいだけだ。これ以上奥へ行ったり、危険なことはしないと誓うよ」

これで、ロリエが静かに、そして邪魔をされずに過ごせる。

「クレインさま、本当に良かったのでしょうか？」

「ここならば大丈夫だ。それに、誰の目もないところで、ロリエとふたりきりで過ごしたかった……嫌だったか？」

彼女の長い髪を手に取ると、そこにキスを落とす。

「ふふっ、クレインさまを独り占めですね。とても嬉しいです」

「それは俺の言葉だな。『聖女』を独り占めなど、世界に許されないことだろうな」

「今のわたしは、ただのロリエですから。クレインさまが、わたしを人間に……ひとりの女にしてくださったんです」

そんなふうに言ってもらえることが嬉しく、彼女への想いが、抑えようもなく強くなっていく。

「ロリエがひとりの女になったのなら、俺もキミと結婚したことで男になれたのだろうな」

近くにある樹に手をついて顔を寄せると、ロリエの頬がみるみる赤くなっていく。

「あ、あの、クレインさま。こ、ここは森で……」

「わかっている。だが、こんな場所までは誰も来ない。それに、ロリエを思う気持ちが抑えきれないんだ」

そう言うと、彼女の返答を待つまでもなく、唇を重ねる。

「んっ、ん、んっ、ふぁ……クレインさま……んんっ」

軽く触れ合うだけのキスをくり返す。

「ロリエ、愛してる……」

ロリエの体を抱き寄せて囁くと、耳たぶを甘噛みし、頬を撫で、首筋へと唇を落とす。

「ん、ふぁ……あ、んっ」

吐息が熱を含み、ロリエの表情が変わってきた。

「あ……クレインさま……わたしも、クレインさまを愛しています……んっ、んふっ、ちゅ……」

たっぷりと時間をかけて、キスをする。

ロリエは立っているのが辛いのか、小さく足を震わせている。

いくら整備されているとはいえ、森の地面の上で行為に及ぶのは抵抗があるな。

それに、そんなことをしたら土汚れがつき、森の入り口で待っているだろう護衛やメイドたちに、何をしていたのか丸わかりだろう。

「はあ、はあ……クレイン、さま……」

とろんとした目で、ロリエが俺を見つめてくる。

……だめだ。だからと言って、ここで我慢をすることはできない。

「ロリエ、このまま続けるぞ」

「……は、はい」

顔を真っ赤にしながらも、ロリエはこくりと頷いた。

楚々として、穏やかな性格をしているが、芯は強い。彼女は、自分がしてはならないこと、したくないことならば、はっきりと言う。

だから、彼女は恥ずかしがりながらも、俺の希望を受け入れてくれたというわけだ。

彼女の頬にキスをし、そのまま首筋に顔を埋めるようにして、唇を這わせる。

「んっ、あぁあっ……んんっ」

くすぐったそうに首を軽くすくめるロリエ。彼女の身に着けている服をはだけながら、露になった肩、そして鎖骨を舐め、愛撫しながら豊かな胸へと触れる。

「ふぁ……あ、んんっ♥」

ロリエが甘い吐息をこぼす。

服の上からでは、せっかくの柔らかさも大きさも魅力が半減というものだ。

それに服が汚れるのを避けるのならば――。

優しく体を愛撫しながら、ロリエが身に着けているものを少しずつはだけていく。

「あ、あの……クレインさま……その、服が……」

「脱いでしまえば、汚れないだろう？」

「そ、それは……そう、ですけれど……で、でも……脱ぐって……ここで、ですか？」

「恥ずかしいか？」

「は、はい……とても、恥ずかしいです」

目尻に涙を滲ませ、声を震わせている。

「恥ずかしいのは本当でも……それだけなのかな？」

わざと意地の悪いことを尋ねながら、ロリエの腰のくびれをなぞると、その手で尻を撫でる。

「ク、クレインさま……？」

戸惑いながら上目遣いに俺を見つめてくるロリエ。彼女をさらに抱き寄せながら、両手で尻をゆっくりと捏ね、揉みしだく。

「んっ、あ……！　ク、クレインさま、あの……」

「ん？　どうしたんだ？」

「あっ、あっ、あの……外は、やはり恥ずかしいですし……部屋に戻って……んっ、あ……クレインさま、ま、待ってください……あっ♥」

切なげに喘ぐロリエの感じる場所を、優しく撫で、弄る。

「んんんっ！」

「美しい姿を、見せてくれ」

日の光の下、神々しいまでの裸体が現れていた。

「それに、汚れないようにもしないとな」

「え……？」

戸惑っているロリエの膝裏に腕を入れ、体をぐっと持ち上げると、彼女の背中を樹に押しつけた。

「きゃっ⁉　クレインさま……？」

半ば反射的な行動だろう。ロリエは体を支え、落ちないように俺に強くしがみついてくる。

「ク、クレインさま、お願いしますっ。こんな格好ではなく、他のことでしたら……だから、おろしてくださいっ」

抵抗をしても無駄だと。それどころか素直に受け入れたほうがいいとわかるような格好。

……ノーチェ相手の夜の行為の影響は、俺にも出ているのかもしれない。

愛おしくて、可愛らしいロリエに、こんなことをするなんて、今まではなかったはずだ。

「ここには、俺とロリエだけだ。だから、聖女ではなくひとりの女として——いや、愛する妻として、ロリエを感じたい」

「あ……」

ぶるっと、ロリエの体が震える。

「ずるい、です。そんなことを言われては、わたし……やめてほしいと、いえなくなってしまいます……」

「そうだな。ロリエは何も悪くない。俺に無理やりされているだけだ。だから……ただ受け入れてくれればいい」

そう告げて、返事を封じるようにキスをする。

「ん、ちゅ……はむ、ん……ふ、はぁぁ、はぁ……クレインさま……」

キスを交わしながら、俺は腰の布を緩めて穿いているものを下ろすと、硬くなっているペニスを、抱き上げたロリエの股間へと押しつける。

「あ……すごく、硬くなっています……」

「ロリエのここも、熱く濡れているな」

すぐに挿入はせずに、割れ目に押しつけるようにして、軽く前後させる。

敏感な場所同士が擦れ合うたび、くちゅ、ぴちゅ、ちゅぐと、粘ついた水音を立てる。

「はあ、はあ……んっ、あ……クレインさま……あ、ふ……」

見なくても、溢れだして肉棒を熱く濡らす愛液の量から、すでにロリエの体の準備が整っているのがわかる。

「そろそろ、いいか？」

「え……あ……ここで、本当に……？」

「ああ、そうだ」

亀頭を彼女に膣口に宛がい、ゆっくりと腰を押しつけていく。

「ま、待ってください……やっぱり、外でこんなこと……あ、あ……」

腰を捩《よじ》るロリエを抱いている腕の力をわずかに緩める。

「んっ、あ……………んんんっ！」

細い腕では支えきれなかったのだろう。ロリエの体が滑るように下がり、ペニスが深々と彼女の膣内へと埋まる。

「あ、あ、はあ、はあ……あ、ふ……はいって……クレインさま……本当に、こんなところで……」

羞恥からか、目尻に僅かに涙が浮いている。それを唇で拭うようにキスを落とす。

「ロリエ、愛している。聖女だからじゃない。ロリエが、ロリエだからだ」

耳たぶを甘く噛みながら、そう告げる。

「あ……んあっ」

きゅうっと、ペニスが締めつけられる。彼女はすがるように強く抱きついてくる。

「わたしも……愛してます。クレインさま、愛してますっ」

体と、心の全部で俺を求めてくれる。そのことを感じて、たまらなくなる。

「動くよ」

返事を待たずに、腰を使う。

同時に、抱えあげたロリエの体を揺すると、普段の行為とは違う刺激が生まれる。

「んっ、あっ、あっ♥ すごい、です……奥まで、クレインさまの……とどいて……んあぁっ♥」

「ああ……いつもより深く、繋がっている」

ロリエ自身の重みもあって、俺たちはいつも以上に深く繋がっている。

彼女の体を上下させながら、腰を打ちつける。

森の香りを胸いっぱいに吸いながら、さらに激しくロリエのおまんこをかきまぜる。

ちゅぐっ、ちゅぶっ、じゅっ、ちゅぐっ。

自らの体が奏でる淫らな音に、ロリエは羞恥に震えながら、それでも快感に体を震わせる。

「あっ、音……んっ♥　いやらしい音、してます……えっちな音、んんっ、あっ♥　あっ♥　聞かないでくださ……あっ、んあっ♥」

潤いを増した膣道を、より硬くなった俺のイチモツが行き来する。

「ロリエ、いいんだ。もっと感じて。もっと気持ち良くなっていいんだ」

目蓋に、鼻先に、頬に、そして首筋へとキスの雨を降らせていく。

「んっ、んっ、あ、はっ♥　あ、クレインさま……感じます……んっ♥　あ、あ、気持ちい……ですっ♥　んはっ♥　あっ、クレインさまぁ♥　んぅっ……」

ロリエはさらに強く俺に抱きつき、体を密着させてくる。

胸板に押しつけられるおっぱいの柔らかさを感じながら、俺は彼女を支え、腰を振る。

「あぁっ♥　ん、はぁっ……外で裸で、こんなことをしてしまうなんて……あっ、んんっ♥　はずかし、です……」

羞恥に震えながらも俺を、そして俺のすることを、全て受け入れてくれる。

彼女の気持ちが嬉しく、そして愛おしさがさらに募っていく。

「恥ずかしいのなら、もっと俺に抱きつくといい」

「こ、こうですか……？」

首に回した腕と、腰に回した足に力がこもる。

よりいっそう強く、彼女の温もりを、そして香りを感じる。

「そうやっていれば、仮に誰かがきても、外でこんなに淫らな行為をしているのがロリエだって、すぐにはわからないだろう？」

わざと羞恥を煽るように言うと、ぎゅっと膣が締まった。

「う……！　ロリエ、本当は見られたいのか？」

「ち、違いますっ。他の誰かなんて……わたしは、クレインさま以外に、見られたいなんて思ったりしません」

「だったら、なおのこと離れたらだめだぞ？」

「は、はい……クレインさまから、ぜったいに離れませんからぁ……」

いつもと違う状況もあって、少しばかりロリエに意地の悪いことをしてしまった
ノーチェにしたときのような、昂ぶるような興奮はないが。

「クレインさま……あっ、あっ、ぎゅってしてくださいっ、んっ、もっと、つよく、あっ♥　あっ、あぁッ♥」

ロリエは痛いくらいに強く俺に抱きつき、自らも腰を踊らせる。

結合部からはぬちゃぬちゃと粘つくような淫音が響き、それがさらに俺たちの興奮を誘う。

「クレインさまっ、クレインさまっ、も、もう、わたし、だめ、です……あっ♥　ああっ♥　クレインさまっ♥」

遮る物のない森の中で、あられもない姿を晒しているのにも関わらず、ロリエは昂ぶっていく。

「はあ、はあっ、あっ、い……いくっ♥　いきますっ♥　外で、恥ずかしいのに……あっ♥　い、い

く、いくいくっ♥」

ロリエの声が、切羽詰まったものになっていく。

「いいぞ、ロリエ。俺も、もう出るっ！」

最後のスパートとばかりに、腰の動きを速めていく。

粘膜同士が擦れ合い、火傷しそうなくらいの熱を伴った快感を生み出す。

激しく出し入れする動きに合わせ、抱き上げているロリエの体が上下に踊る。

「はっ、はあっ♥　あ、はっ♥　んあああっ♥　あ、はぁぁ……！」

聖女らしい楚々とした顔が快感に蕩けていく。

目尻に涙がにじみ、だらしなく開いた口元からは涎がこぼれだした。

「い、いくっ、あっ、クレインさま……クレインさ……んああっ！」

ぶるっと、全身が大きく波打つ。そして――。

「んあああああああああああああああああああっ!!」

顎をのけぞらせ、喉を震わせながら甘い絶頂の声をあげる。

「ロリエ……!!」

彼女が達した姿を見て、俺もたまりにたまった快感を解放する。

びゅぐるるっ!!　びゅぐっ、どぴゅううっ！　びゅっるるっ!!

腰奥から湧き上がってきた熱い衝動が、大量の白濁と共に、ロリエの体奥へと迸《ほとばし》る。

「あっ♥　んああああっ♥　あ、あっ、ん、あああぁ……！」

彼女の膣内を満たし、さらに溢れだした精液が、ぱたぼたと地面へと滴っていった。

脱力した彼女を抱き留めたまま、しばらくの間、俺たちはそうしていた。

「ん……すみません、クレインさま……」

「立てるか？」

「はい、大丈夫だと思います」

抱えていたロリエを、ゆっくりと下ろしてやる。

膝がまだ震えていて、俺の腕にしがみつくようにしているが、どうにか自分で体を支えることはできるようだ。

「……すまなかったな」

「ふふっ、どうして謝るんですか？」

「外で、しかも少しばかりその……意地の悪いことをしてしまったしな」

終わって冷静になってみれば、少しばかり気まずい。

「わたし、本当に嫌なことでしたら、いくらクレインさまが相手であっても、ちゃんとお断りします。ですから、謝罪の必要はありませんよ？」

くすりと笑うと、ロリエは軽く伸びをして、俺にキスをしてくれた。

「今日はとても楽しかったです。ありがとうございます。クレインさま」

離宮の入り口まで戻って来たところで、ロリエが改めて言う。

「ああ、俺も楽しかったよ。それに森でのことも――」

「そ、それは言ってはだめですっ」

顔を真っ赤にして俺の口をふさごうとする。

「わかった、言わない。でも、少しは気分転換になったみたいでよかった」

いざとなったら『治癒』も『回復』も使えるからだろうか、ロリエは放っておくと、根を詰めるところがある。

ときどきは、聖女であることを忘れ、気を抜いて楽に過ごしても良いはず。

……まあ、俺が彼女とふたりでのんびり過ごしたいと言う気持ちもある。

「はい。また森へ行きたいです……クレインさまと一緒に」

「ああ、いつでも誘ってくれ。あの森は季節が変わると見た目も大きく変わるんだ。寒くなる前には、山々はそれは見事な黄色と赤のコントラストに――」

「何が見事なのかしら？」

「ノーチェ？」

声をかけられて振り返ると、腕組みをして不機嫌そうな顔をしているノーチェが立っていた。

「ノーチェ？」

「私が政務で留守にしている間に、ずいぶんと仲良く、楽しそうに過ごしたようですわね」

「誘おうとしたら、ノーチェがいなかったからだろう？」

「しかたがありませんでしょう？　帝国から来た使節団の中に知り合いがいたのですから」

「そういえば、来ているという報告があったな……その知り合いに会いに行っていたのか？」

「……会わないわけにはいかないでしょう？　会ってきましたわ。けれど、帝国の高位貴族と、第七王子の第三夫人だと、立場がどうなるかわかるでしょう？」

ぎりっと唇を噛みしめる。

帝国の人間はプライドが高い。それは、ノーチェを見ていればわかる。

けれど、彼女は変わった。

だからこそ、元の国の知り合いが変わっていなかったら？

「まさかと思うけど……失礼なことを言われたとか？」

「言われましたわ」

「呆れたな……俺の妻となっても、ノーチェに皇帝陛下の血が流れているのは変わらないだろう？　そんなこともわからないような人間が、使節団の一員として選ばれたのか？」

「あの子は、ただ親について来て私に会いに——王国を見に来ただけですわ」

「それでも、だよ。帝国の高位貴族であるのは事実だし、周りはそう評価するはずだ」

「……そうでしょうね」

苦々しそうな口調で応える。

「昔は私の後を、生まれたての子馬のようについて回ってきていたというのに……」

重い溜め息をついている。

たぶん、今はノーチェのほうが自分よりも格下なのだと、遠回しにでも言ってきたのだろう。来たばかりの頃のノーチェにも、そういうところがあった。

だから、政治的な判断ができない令嬢ならば、ノーチェを「帝国から王国へ下げ渡された姫」くらいに思っている可能性がある。

政略結婚とはいえ……いや、政略結婚だからこそ、俺とノーチェの関係は、帝国と王国にとっては重要なものだ。

個人的な感情からきた言動であっても、放っておくのは両国のためにならない。

関わると面倒なことになりそうだが、しかたがないな……。

「義父上――皇帝陛下に手紙を送ろう。俺も一筆かかせてもらうよ」

「別に気にしていませんわ。私もあの子がまだ結婚していないことを、少しばかり――」

そこで言葉を濁す。

たぶん、その彼女はノーチェに痛烈な反撃を受けたのだろう。

「ああ、なるほど……とはいえ、それはあまり良い手ではないぞ？」

「言われなくてもわかっていますわ。でも、王国のことはともかく、クレインの悪口を言われて黙っていろとでもいうんですの？　あなたは私の夫だということを自覚しなさい！」

「そっか。俺のために怒ってくれたのか、ありがとう。ノーチェ」

「そ、そんなことはありませんっ。うぬぼれないでほしいですわ……！」

「いや、うぬぼれさせてもらおう」

顔を赤くして抗議するノーチェの姿の可愛らしさに、つい笑みがこぼれる。

「あれ？　こんなところに集まって、何をしているんだ？」

訓練でもしていたのか、すっきりとした顔をしたシャフランが声をかけてくる。

「帝国の使節団の話を少しばかりな」

「見慣れない騎士が訓練場にいると思っていたのだが、そういうことだったのか」

「……言ってなかったか？」

「言われていないな」

「……まさかと思うが、何か揉めごとを起こしたりしていないだろうな？」

「ボクが自分からそんなことをするとでも？」

「いや、シャフランなら大丈夫だ。ただ、自分がいくら注意しても、どうにもならないこともあるだろう？」

「そういえば、あの娘……王国は獣人の女に頼らなければならないほど、脆弱なのかとか言っていましたわね」

それだけで、嫌な予感が膨らむ。

「ええと、帝国の人間と話をしたり、訓練をしたりしていないよな？」

「したぞ？　午前中に、なんだか昔のノーチェのような感じの令嬢が訓練を見学しにきたんだ。そのときに」

「……やはり何かありましたのね？」

「何かというほどのことは、なかったんだけどな」

そう言って、シャフランは苦笑する。

「令嬢が連れてきた『最高最強の騎士』というのと、少しばかり手合わせをしただけだよ？」

その先の言葉が想像できて、俺は天を仰ぐようにして、額に手を置いた。

「シャフラン、戦ってみたんだろう？　どうだったんだ？」

「最強最高の騎士を名乗るには力不足もいいところだったけれど、それなりの使い手だったよ」

「ぶちのめしたのか？」

「少しばかり訓練をしただけだぞ？」

獣人らしい感想だ。だが、シャフランがそう言うのならば、たぶん俺の認識のほうが正しいだろう。

「その騎士を連れてきたというご令嬢は？」

「なんか色々と言っていたけれど、執事みたいな人が来て、連れていったな」

「そうか……」

「ふふっ、ふふふっ、さすがシャフランですわっ！　よくぞその騎士もどきを倒してくださいました！」

「え？　うん、どういたしまして？」

意図せずに、ノーチェの鬱憤を晴らす形となったようだ。

「あの娘が、そのときにどんな顔をしていたのか、見ることができなかったのは残念ですけれど、気が晴れましたわ」

「よくわからないけど、ノーチェに喜んでもらえたのなら、よかったよ。ボクはシャワーを浴びて……うん？」

立ち止まると、シャフランが俺のほうへとやってくると、すんすんと体の匂いを嗅ぐ。

「これって、土と樹と……ロリエの匂い？」

さすが獣人だ。人よりも五感が鋭敏なようだ。

「あ、ああ。ロリエと少し森の中を散策してきたんだよ」

「匂いはそれだけじゃないみたいだけど？」

シャフランが言うと、ロリエの顔がみるみる赤くなっていく。

「ふーん、そっか。ボクが訓練をしている間、キミとロリエはふたりで色々と楽しんでいたようだね」

「あー、いや……つい、そういう気分になってしまって。ふたりに内緒にするつもりはなかったし、ロリエは「こんなところでなんて』と言っていたぞ？」

「でも、これって発情したオスだけじゃなくて、メスの――」

「シャ、シャフランさまっ」

ロリエは伸びをするように手を伸ばし、シャフランの口元を覆う。

「ははは、そんなに慌てなくてもいいじゃないか。ボクだって、クレインに求められたら、きっと同じように発情するよ？」

「私は不愉快な小娘の相手をしていたのだから、その分は楽しませてもらえますわよね？」

強気な笑みを浮かべるノーチェも寄ってくる。

「ノーチェが望むならかまわないけど……今日はロリエが相手だっただろ？」

「わたしは、お昼にしていただきましたから……」

「やっぱりしていたのね。外で、しかも森で？」

「そ、それは……」

「ふーん……それは、ちょっと興味があるわね。あとでじっくりと聞かせてもらいましょうか」

「はう……わ、わかりました……」

「では、今晩は私の番ということでいいかしら？」

「そうですね。順番を考えるとそうなると思います」

「じゃあ、ボクは明日ってことになるのか。わかった」

妻たちの間で、スケジュールが決まっていく。

俺の意見は……？　と言いたいが、口を挟んでも良いことはないだろう。

まあ、順番を変えたのは俺だ。今後のスケジュールの調整が必要になるだろう。

「じゃあ、今晩はノーチェってことでいいのか？」

「ええ、そうなるわね。ただ、今晩は晩餐会があって、私も出席する必要がありますの」

「あれ？　俺は聞いてないけど？」

「本来、第七王子や、その妻が出る必要なんてない催《もよお》しですもの。それを、あの小娘が、わざわざ私を名指しで招待してくださいましたの」

極上の笑みを浮かべるノーチェ。

うん、元から整った顔をしているだけに迫力がすごい。

「……嫌なら欠席してもいいんだぞ？　陛下や王太子殿下には、俺から言っておくから」

「ふふっ、そんなことしたら、不在を良いことに、あることないこと私のことを言うに決まっているでしょう？　それにシャフランのおかげで、とても楽しい話ができそうだわ」

「ボクのおかげ？」

「ええ。だから、クレインの相手をシャフランに譲ってもよいのですけれど……あんな小娘の相手をしたら、きっとストレスが溜まるでしょう」

「まあ、聞いているだけで、そうだろうとは思うよ」

「だから、少し遅くなるかもしれませんけれど、私とシャフランのふたりでどうかしら？」

「ボクも一緒でいいのかな？」

「もちろんよ。お礼と、あとは晩餐会の後では、ひとりでクレインの相手をできるとは思えませんもの」

「クレインはそれでいいの？」

シャフランが俺を見る。

「俺はかまわないけど、ノーチェは誰かと一緒なのは嫌なんじゃないか？」

「今更ですわ。ロリエとシャフランとはしているのでしょう？　あなたは私たちを――妻を平等に愛すると言えばいいだけですわ」

さすが帝国の姫君だ。

「……わかった。それじゃ、今日はふたりと一緒に寝よう」

「ふふっ、当然ですわね」

「うん、楽しみにしているよ」

ふたりの表情を見ると、今晩は簡単には許してもらえそうにない。

……覚悟しておくとしよう。


晩餐会は、少しばかり荒れたらしい。

もちろん、原因はノーチェに絡んだご令嬢のせいだ。

とはいえ、そのおかげで長引くことなく終わったのは、不幸中の幸いとでもいうべきだろうか。

「それで？　ノーチェ、どちらからする？　本来の順番なら、キミからだけど」

そう言いながらも、シャフランのしっぽは、期待からか左右に揺れている。

「そうですわね。完全に言い負かしたとはいえ、不愉快な想いをしましたし、先にさせてもらいますわ。ん……ちゅっ♥」

「んんぅっ!?」

俺の返事も聞かずに、ノーチェがやや強引にキスをしてくる。

唇を重ね、舌を絡ませ合う俺たちを見て、シャフランの尻尾がしなびていく。

先か後かの違いはあっても、彼女とも後で同じようにキスをするのだ。

もう少しばかり待ってもらうしかない。

「それなら、クレイン殿、キスは後でいいから、ボクともしてほしい……」

ああ。もちろんかまわない――と言いたいところだが、ノーチェがそれを許さない。

「んちゅむっ……ちゅっ♥　ちゅはっ、あんっ、旦那さまぁっ♥　ちゅふぅんっ」

態度には出していないが、そのご令嬢のことがよほど腹に据えかねたのかもしれない。

ノーチェはキスだけでなく、俺の体に触れる手つきなどもいつもに比べて情熱的で、そしてやや強引だ。

なかなかに熱烈なノーチェの深いキスで、返事ができない。

なので、直ぐに行動に移す。

「んえっ？　あっ、ひゃううぅんっ!?　あっ、クレイン殿ぉ……♥　んんぅ……あっ、はあぁんんっ♥」

そっとシャフランを抱き寄せた。

身を任せるように抱きついてきた彼女の胸に手を這わせる。頼もしい弾力とボリューム。乳房の感触を味わいながら、手の平を使って優しく揉みしだく。

「んあっ、はあっ、んんぅ……クラインに揉まれると、はあ、はあ……すぐに、体が火照ってくる

「んくっ、はぁぁつ、はぁぁ……んはぁんっ!?　やうっ、そんなっ、もうアソコにも……んはぁぁんっ♥」

揉むたびに跳ね返してくる程よい張りと、尻尾と同様に、素直な反応を見せる乳首を指の腹で擦り、捏ねる。

ノーチェとは今も激しくキスを交わしながら、空いている手は自然とシャフランの股間に伸びていた。

「はあっ、はんんぅ……クレイン殿の指は、本当にいやらしい……んあぁぁっ♥　ボクの感じやすい部分を責めてくるんだから……ああっ♥」

膣口を割れ目に沿って擦っているだけだが、じんわりと愛液が滲み出て、より陰唇が熱くなる。

「はうっ、んあっ、はあっ、あああぁんっ♥　ダメだぁ……指だけで、もうこんなに高ぶってしまっているぅ……んんぅっ♥」

胸と股間の愛撫で、シャフランは十分に発情してきてくれているようだ。

しかし、その間にノーチェのほうが疎かになってしまった。

「ちゅふっ、んんんぅ……なんだかシャフランのほうにだけ、力を入れていません？　むぅ……こんなにキスで尽くしていますのに……」

少し不機嫌になってしまったようだ。

まあでも、本気ではないだろうし、これをしてあげればきっと問題ない。

「ちゃんとノーチェにもしてやるよ」

「んはあぁんっ!? きゃっ、いきなりソッチをっ!? あうっ、んんんぅ……んはあぁんっ♥」

シャフランの胸を弄っていた手を、今度はノーチェの股間にあてがう。

「あくっ、ふあああぁんっ♥ やんぅ……しかも、その卑猥な指を、もう私の中にぃ……ああぁっ♥」

「卑猥って……夫に対してそんなことを言うか。まあ事実だけどなっ」

「きゃあぁんっ!? んあっ、そんな……ああぁっ! ゆ、指が二本もっ……くううぅんっ♥」

ノーチェは経験こそ少ないが、ずっぷりと指先をねじ込むくらいが丁度いいようだ。

「んんんぅっ! はうっ、やんうぅ……そんなにえぐるように弄ってはいけませんのぉ……ああぁっ♥」

「んあっ、んんぅっ♥ はあっ、はあぁ……クレイン殿っ、そこは敏感すぎるぅ……んんんっ♥」

俺を誘ってくるくらいには、興奮していたみたいだ。

どちらも感度はかなり良好で、指先が濃い粘りで濡れて滑る。

「ふなぁっ!? あっ、ちょっとっ、んんぅっ! だめっ、急にきてしまいますのぉぉ～～っ♥」

「んああぁっ!? ひうっ、あんまりそこばかりではっ、あっ、あううぅ……と、とぶうううぅっ♥」

「あっ……ちょっとやりすぎたか?」

ふたりの膣口が震えながら指先を締めつけてきた。

どうやら軽くイったみたいだ。

「んんぅ……んくっ、はあっ、はあぁ……だ、だから敏感だと言ったのにぃ……んんぅ……また簡単にいかされてしまったぁ……」

「んんっ、んはぁ～～……さすがは旦那様ですわぁ……こっちのほうの技術は一級品ですのね♥　んんぅ……あら？　すっかり出来上がってしまいましたのね……」

どちらも息を切らしてうっとりとしているけど、ノーチェはまだ余裕があるようだ。

シャフランの様子をちらりと見て、俺の前から身を引いた。

「ふふ……では、先にシャフランから、きちんと入れて差し上げてくださいい♪」

「はあっ、はんぅ……え？」

予想外の提案に、シャフランが目を丸くする。

「いいのか？　ノーチェ殿のほうは少し退屈になると思うけど？」

「お気になさらず、大丈夫ですわ。私は私で色々と楽しむから、シャフランを愛してあげてくださいな♪」

あ、これは絶対、なにかを企んでるな。

そんなイタズラ心が薄っすらと見えるノーチェの笑顔だったが、シャフランは気付かないようだ。

「んんぅ……本当にいいの？　んんぅ……正直、欲しくてたまらないので、助かるよ……んんぅ……ノーチェ殿は、なんて心の広いひとなんだ……♥」

「ふふ……そういう気持ちはよくわかりますの。お互い様ですわ♪」

「うん……では、クレイン殿っ、ぜひ……、ボクをそのたくましいモノで貫いてほしい……んんぅ……♥」

ブンブンと激しく振る尻尾で、欲しがっている度合いがよくわかる。

ノーチェの企みも気になるところだが、シャフランを待たせるのも、なんだか可愛そうだ。

「わかった。それじゃ、こっちから……んっ！」

ベッドの縁に座りながら、シャフランを引き寄せ、そのまま背面座位でずっぷりと挿入する。

「くふあああぁっ!?　ああっ、太いものが押し広げて、入ってくるぅ……ああっ、んはあぁぁんっ♥」

すっかり出来上がっている膣内は、簡単に俺を受け入れ、根本まで入ると、ビクついて締めつけてくる。

多分、これだけでまた、軽くイッたみたいだ。

「おっと……またすごい締めつけだな。おまけに中がヤケドしそうに熱い。これは動かずにいられない……ぞっ！」

「ひゃあぁっ!?　ああっ、すご……いいぃっ♥　んあっ、あっ、イってるのにっ、すぐ下から来るぅっ！　んあっ、はああぁんっ♥」

まだまだ欲しがるシャフランの膣奥に煽られ、俺は下から突き上げまくった。

「あらあら、まあまあ……♪」

すると、その様子を傍らで見ていたノーチェが、ニヤリと笑った。

「ふふ……こんなにいやらしく胸を揺らしてしまわれて……胸の大きな方は、さぞ大変なんでしょうねっ♥」

むにゅっ！

「うなぁっ⁉　なっ、何をしてるんだっ⁉　んんぅ……」

ノーチェがシャフランの暴れる胸を鷲掴みにした。

「んっ、んんぅ……ノーチェ殿っ、手でそんなに掴んでは……んんぅっ！　あうっ、んぅ……い、今、突き上げられながらは、余裕がないぃ……はあぁっ♥」

「……私、日々見せつけられるこの胸の大きさが、とても気になってましたの……旦那様もいつも胸のほうをご覧でしたものね？」

そう言って胸に指を食い込ませつつ、微妙に冷たい視線を俺に向けてくる。

「い、いや別にシャフランだけじゃなく、ノーチェの可愛らしい胸だって、好きで見てたぞ？」

「そうでしたか？　ええ、そうでしょうとも……妻を平等に愛そうとする方ですもの……でも見る回数が明らかに違うのですわっ」

「そ、そうだったか？」

むぎゅむぎゅっ！

「ふにゃあぁんっ⁉　あうっ、だからそんなに揉んでは……んんぅっ♥」

まるで八つ当たりでもするように、ノーチェはシャフランの胸を弄りまくっていた。

「いったい、どうやったらこんなにいやらしく成長するのかと……本当にもう、それはそれは、にくたら……肉体の神秘を痛感してましたのよ。おほほほ……」

胡散臭いお嬢様笑いが出るほど、ちょっと気にしていたらしい。

でも別に大きい胸が嫌い、というわけではなさそうだ。

「んふふ……まったく……このプルプルの弾力といい、柔らかさといい……それに良い匂いもして……はあっ、はあぁ……♥　なんて卑猥なのでしょう♪」

むしろその揉み方はいやらしくなり、軽く頬ずりまでしている。

「なっ!?　あうっ、んんぅっ！　だ、段々とクレイン殿のような揉み方になっているんだけど……んんぅっ♥」

「許してやってくれ、シャフラン。その素晴らしい胸の前では、ヒトはただその感触を楽しむことしかできないんだ」

「な、何を言っているのかさっぱりなんだよっ……あうっ、んんんっ！　と、とにかくっ、こんな一度にふたり同時にされては困るぅ……あああぁんっ♥」

「んふふ……そんなわけで、私の後学のためにも、旦那様を虜にするこの胸を、一度、きちんと調べさせていただきますわっ♪」

「は、話を聞いてくれないっ!?　ちょっと、待ってて！　ノーチェ殿、クレイン殿っ!?」

責められて余裕のないシャフランを尻目に、ノーチェは楽しそうに大きく口を開けた。

「はぁむ……ちゅ、んんっ♥」

「うきゃうっ!?　んなっ、はううぅっ♥」

ブルブル揺れる胸にしゃぶりついたノーチェは、乳首にしっかりと吸いついている。

「んちゅふっ、はあぁ……なるほど、これが旦那様を虜にさせるおっぱいなんですのね。たしかに、これは良いですわ♪　ちゅぷっ♥」

「んうっ、あああぁんっ♥　や、やめるんだっ、ノーチェ殿……あうっ、んんんぅっ！　ボ、ボクよりもロリエ殿のほうがもっとすごいから、そっちを参考にぃ……あうっ、んはあぁんっ♥」

「ちゅむぅん？　なにを言ってますの？　話に聞く胸よりも、目の前にある胸のほうが勉強になりますわ♪　ちるっ、んれっ、んれるっ♥」

「おお……それは名言だな」

「うなぁんっ!?　クレイン殿も、突き上げながらなにを言ってぇ……あっ、あうっ、んはあぁっ♥」

ノーチェに乳房を責められ、さらに感じているシャフランは、突き上げるたびに膣奥がうねり、膣全体が震える。

「ちゅむっ、んりゅっ……それにあの強くて頼れるシャフランが、もっと淫らになる姿を見るのがゾクゾクしますのよっ♥」

多分、胸の大きさというよりは、そっちのほうが目的なんだろう。

ノーチェの全開のSっ気が、しっかり者のシャフランをいやらしく責め襲っていく。

「ひうっ♥　あっ、んんぅっ！　ノ、ノーチェ殿、やりりすぎだぁ……あうっ、んはあぁっ♥」

「んちゅむっ、んふっ♪　おまんこを突かれながら、おっぱいぺろぺろされて感じちゃってますのぉ？　ほら、もっとその卑猥に崩れる顔を見せて……はむっ、んちゅっ、れろぉっ♥」

「んひぃっ!?　ひあっ、だめぇっ……あうっ、んはあぁっ♥」

シャフランは首を横に振るが、そのかわいい反応を見て、ノーチェはさらに責めていく。

「れろっ、ちろろっ……♥　あはは♪　シャフランってば、同性におっぱい舐められて感じちゃう

趣味がありましたのね？　ふふ……普段からは想像できないほどの、好きモノでしたのねっ♪」

「そんな……あうっ、んんぅ……ボクはそこまでじゃ……あうっ、んあぁっ！」

シャフランは恥ずかしそうにするものの、快楽にはあらがえずに喘いでいく。

そして彼女の快感は、繋がっている俺にも伝わりすぎるくらいに伝わってきて、かなり気持ち良すぎる。

「くあっ!?　おお……やばい。出るぞっ、シャフランっ！」

「ええっ!?　あぅっ、このタイミングでそれはもうっ、絶対っ、ぜったいっ、おかしくなるやつだぁ～～っ、あぁぁっ♥」

ドックンッ！　ドクドクドクンッ！

「んきゅうぅっ!?　ふはあああぁぁぁっ♥」

尻尾をビンッ！　と伸ばし、全身をビクつかせてシャフランは絶頂し、俺の射精を受け止める。

「んくっ、んはぁ……子種がぁ……ボクの奥で噴水のように勢いよくぅ……んんくっ、んふぁぁ……キクゥっ♥」

イきまくって力をなくしたシャフランは、最後に気持ち良さそうな一言をこぼして、パタンとベッドに沈み込んだ。

「あはっ♥　すっかりイったようですわね。いつものしっかり者のシャフランも、こんなメスに堕ちてしまうのですわね。んふふ……良い見世物と胸を、堪能させていただきましたわ♥」

「ほお？　まるで他人事のように言っているけど……ノーチェはもっと耐えられるってことだよ

な？」

「んへ？　きゃあぁっ⁉」

余裕の笑みを見せるノーチェを、すかさず後ろから抱え込んだ。

「あわわわっ⁉　あうぅ……な、なんだかものすごく硬いものが、私のお尻に当たっているのですけど……」

「それじゃさっそく、シャフランと同じように愛してやろうっ！」

「くうぅぅんっ！　あふっ、んはあああぁっ♥」

肉棒をねじ込むとかなり狭いけど、ほぐれて濡れていたので、根本まで簡単に入った。

多分、シャフランにイタズラをしているときに、興奮していたのかもしれない。

……好きモノは、どっちなんだろうか。

「んあっ、んんぅ……急に挿入するんなんて……一瞬、真っ白にイってしまったじゃないですか……んんぅ……もう少し丁寧に、レディの扱いには気をつけたほうが良いですわよ……んんぅ……」

「そんなこと言っても、すっかりご機嫌で締めつけてきてるけどな。シャフランのイキ顔を見て、ノーチェも求めていたんじゃないのか？」

「んんぅ……欲しがっていたのは確かですけど……でも、まさかあそこまで淫らになるとは思いませんでしたわ。本当にお可愛いわね♪」

「ふうん……それでは、ボクに同じことをされても乱れないと……そう言うんだね？　ノーチェ」

「なっ⁉　シャフランっ⁉　あなた、果ててぐったりしていたはずでは……」

いつの間にか、ノーチェの横に座っていたシャフランが、ニヤリと笑顔を浮かべる。

その笑顔は、ついさっき見たことがあった。

「ああ、なるほど……ノーチェにやられっぱなしで終われなかったってことか。シャフランは負けず嫌いだからな」

「ふふふ。さすがクレイン殿だね。よくわかってる。ノーチェ殿にされたイタズラを、そっくりそのまま返してあげるよっ！　んちゅっ！」

さっきまでベッドで夢心地だったとは思えない元気っぷりで、シャフランは勢い良く、ノーチェの胸へと吸いついた。

「うなあぁっ!?　んああんっ！　あうっ、んあっ、やだっ……んんぅ……あ、私はそんな無駄に大きくないのだから、シャフランと違って敏感ですのっ……んくぅ……だからもう少しお手やわらかに……」

「んちゅむっ……無駄ではないぞ？　ちゃんとクレイン殿を満足させられるしな。ノーチェ殿もいっぱい弄れば、ロリエ殿くらいにまで成長するぞ、それっ♪　ん～～ちゅむっ♥」

「くうぅんっ!?　ひうっ、ふあぁぁっ！　あ、甘噛みはダメですわッ……んあっ、やうぅぅんっ♥　そんなにされてはっ、乳首が取れてしまいますのぉ～～っ！　んくっ、きゃううぅんっ♥」

シャフランの復讐はかなりのものらしく、軽く咥えて舌先で転がしたり、可愛らしい胸を大胆に掴んで引っ張ったりとアグレッシブだ。

「おお……まるでシャフランの動きが直接伝わってくるように、中が熱く締めつけてくるな。これは負けていられないっ！」

「んやあぁんっ!?　はうっ、くううぅんっ！　ああっ、だ、旦那様もっ、しちゃダメ……あぁっ！」

シャフランの復讐に便乗するように、こちらからも腰を突き上げて、ガンガンと責める。

「あうっ、んあっ、くんううぅっ♥　ああっ、ウソっ、なんでこんな……あっ、ああぁっ♥　本当にこれ以上はすぐにぃ……んっ、んあっ、ああぁっ！　すぐにおかしくなってっ、イクうううぅっ！」

すでに思いっきり、顔をだらしなく緩めたノーチェが、全身を大きくビクつかせた。

「んちゅふっ？　ははっ、なんだノーチェ殿。もうこれくらいでそんなになってしまうとはね。ボクの気持ちがわかったかな？」

「あっ、ああぁっ、わかりましたわぁ……はあんっ！　あうっ、んんぅ……だ、だからもうっ、どちらもやめぇ……んっ、んあぁっ!?」

「いや、それはできないな」

「だよねっ、クレイン殿……ちゅ～～ぷっ！」

「ひぃぃぃんっ!?　ひゅあっ、ひゃあああんっ♥」

ノーチェの限界を感じた俺とシャフランは、最後に向けて思いっきり突き上げ、そして吸いまくった。

「はあっ、はうっ、んああぁっ♥　ああっ、もう目の前がっ、真っ白ですのぉ……あうっ、んんぅっ！　胸でもっ、おまんこでもぉ……あうっ、んんぅっ！　一緒にっ、いっぱいっ、気持ちいいぃっ♥」

「くっ……出るっ！」

ドププッ！　ドクッ、ドクッ、ドピュー――ッ！

「いいぃんっ!?　イクイクイクうううぅぅぅっ♥」

絶頂と共に、ノーチェの膣奥でもしっかりと射精して、彼女の中を満たしていった。

「んあああぁ……はじめてですのぉ……女性に吸われながらぁ……イっちゃうなんてぇ……」

「ちゅはっ、んはあぁ～～……ボクもだよ、ノーチェ殿……でもこれで目的は果たしたぁ……はうぅ……」

どうやら、シャフランは気力でここまで覚醒していたようで、まだ絶頂の余韻は残っていたらしい。

ぼすっ！　という音を立てて、ふたり共ベッドに倒れ込んだ。

「はは……」

ふたりが満足するまで相手をし終えたときには、空は白んでいた。

シャフランの耐久力と持続力はすごいが、今回はノーチェが積極的に攻めに回ったこともあるだろう。

ほどんど一緒に、気を失うように眠りについたふたりの妻を見ながら、俺は安堵の吐息をこぼす。

いくら子作りが必要とはいえ、これが毎日だとさすがに大変だ。

今後のことを考えて、対策を考えないとな……。


帝国の使節団の相手は、主に国王と王太子がしている。

だから、俺は離宮に籠もるように過ごして、必要なときだけ顔を出せばいいだけだ。

それは気楽で良いが、ノーチェの知人だという貴族の娘にとっては、格好の〝口撃〟の材料になったようだ。

ことあるごとに、ノーチェに何かを言っているらしい。

使節団とは関係なく、知人に会いに来た貴族の娘、という体裁を取ってはいるが、さすがに目に余る行為だったようだ。

とはいえ、王国にとってはマイナスばかりではない。

彼女の失態、失言のおかげで、交渉をやや有利に運ぶことができたようだ。

とはいえ、ノーチェのストレスは大きく膨らみ続けていたのは、間違いないが。

「あの女……本当に許せませんわ！」

「ノーチェさま、香草茶はいかがですか？　気持ちが落ちつきますよ」

「いただくわ！」

「一応、ご令嬢の自慢の部下は、訓練のときに全員、倒しておいたよ」

「さすがシャフランですわね！　よくやりましたわ！」

ノーチェも、政略結婚をさせられたという気持ちからワガママを言っていたが、ふたりの妻と過ごすウチに少しずつ落ちついてきている。

彼女たちは、集まってお茶をしたり、一緒に風呂に入ったり、お互いの部屋を尋ねて遊んだりと、相互理解も進んできているようだ。

妻たちの仲が良いのはすばらしいのだけれど……。


「はあ……」

よほどノーチェに恨みがあるのか、令嬢の暴走は止らないようだ。

しかし、今はノーチェが意図して、そうさせているようにも思う。

帝国側としては、嫁いでいても王女だ。むげにできない。

王国側としても、ノーチェに注意をできる人間など、そう多くはいない。

ノーチェのお陰で交渉が有利に運ぶとなれば、こちらとしては、あえて好きにさせている部分もあるのだろう。

結果、どうなったかと言えば、夫である俺に白羽の矢が立ったというわけだ。

「ノーチェ、あまりご令嬢にちょっかいをかけないでくれと、嘆願が来ているぞ」

「何を言ってますの？　絡んでくるのは向こうですわ。私は本当のことを言っているだけですわよ？」

「本当のことってのはこの、令嬢付きの騎士は見かけ倒しだとか、他国の王族に対する礼節を知らぬ愚か者だとか……まあ、他にも色々とあるけれど、そういうことかな？」

「ええ、一つも嘘はついていませんわよ？」

「……そうだな。嘘と言い切れないことばかりだな」

「ふふんっ、それに王国の利にもなっているのでしょう？」

「おかげで、かなり有利に交渉ができるようになったそうだよ」

「でしたらその分で、城下にいる孤児やスラムの人間の救済のために、予算を取れるはずですわよね？」

……なるほど。自分を小馬鹿にした令嬢への意趣返しや、王国での立場の強化だけでなく、そういう目的もあったのか。

一つのことで、いくつもの目的を達するあたり、さすが皇帝陛下の血を引いているだけのことはある。

だが――。

「たしかにノーチェのしたことに感謝はしているけれど、対外的にも、そろそろ窘《たしな》める必要があるんだ」

「あら、クレインが、私にそんなことできるのかしら？」

その態度は、まるで帝国から王国へ来たばかりの頃のようだ。

……おかしいな。

ノーチェも丸くなったというか、今は尊大な態度を取ることもない。それに夜――特にふたりきりのときは、どちらかというと受身のことが――。

「なるほど、そういうことか」

「そ、そういうこととは、どういうことですの？」

一瞬、目が泳いだ。

「いや、ノーチェがそういう態度を取るのならば、昔みたいにしなくちゃだめかと思ってな」

目に力を込めたまま、にっこりと笑いかける。

「……っ」

ぶるっと体を震わせたノーチェの顔に、淫らな期待が滲んだ。

「ノーチェ。そんな態度を取るのならば、おしおきをしなくちゃいけなくなる」

「ふ、ふんっ。あなたのような雑魚チンポに、何をされたところでおしおきになんて、なるわけありませんわ」

「そうかな？　だったら、また……試してみようか」

ノーチェの纏っている服を、ゆっくりと一枚ずつ脱がしていく。

「ん……ぬ、脱がせるのなら、ひと思いに全て一気にすればいいものを……」

「抵抗しないのか？」

そう尋ねながら、残った下着を軽く引っぱる。

恨みがましい目を向けて、唇を軽く噛む。屈辱と羞恥、そして――興奮。

彼女自身、気付いているはずだが、股間では下着の中心の色が濃く変わっている。

「あ、あなたに何をされたところで、私を簡単に自由にできると思わないことですわ」

「へえ……そうか」

相変わらずの強気な言葉で、ツンと顔を背けるが、その横顔は期待で満ちている。

どうやら、そういうのが望みらしい。

ならば夫として応えないわけにはいかない。

「それなら、自由になるまでしっかりと教え込まないとな」

ビリッ！　ビリビリッ！

「え？　やんんぅっ!?」

握った下着を無理やりに引きちぎり、真っ裸にさせる。

「くっ、ううぅ……こんな手荒な真似をして……野蛮にも、ほどがありますわっ！」

そんなことを言って、体を腕で隠そうとする。

その仕草に、なぜかぐっと股間が熱くなった。

「……女性を力で屈服させようとするなんて……これでは、ただのガサツ王子ですわっ！」

「そう言われるのは初めてだな。しかし、そのがさつさで、まさか感じてはいないよな？」

「え？　きゃううぅんっ♥」

小さな体を引き寄せると、内股になって隠している股間へすぐに指を滑り込ませる。

「んくっ、あうっ……んんぅ……雰囲気さえも作ろうとせず、すぐに直接弄ってくるなんて、まさに粗野の極みですのっ……んんぅ……」

「おや？　でも、あそこはすっかり濡れているようだがな」

案の定、ノーチェの膣口からはすでにかなりの量の愛液が溢れていた。

そもそも内股になっていたのは、興奮して切なくなっていたからだろう。

「ほら見てみろ、この糸の引き方を」

わざと荒っぽく指先で粘度の高い愛液を掬うと、彼女の目の前に見せつける。

「やっ!?　あっ、ち、違うっ……それは体が反応しただけですわっ……んんんぅ……」

耳まで真っ赤になりながら顔を背ける。

たぶんこれは、本気で恥ずかしがっている。

そういう感情の機微がわかると、ノーチェの魅力もより深まってくる。

「こ、こんなことで女性を辱めるなんて最低っ……恥を知りなさい、このヘンタイっ！」

「ははっ。そんなヘンタイ夫に嫁いだんだ。諦めるんだな……同じヘンタイめっ」

「きゃうっ、んちゅふぅっ!?　んにゅうぅ……ちゅふっ、んんぅっ♥」

唇を強引に奪い、深いキスをする。

もちろんその間に、熱く濡れている秘穴に指をねじ入れて、膣壁を弄るのも忘れない。

「ちゅくっ、んはあぁ……あうっ、やううぅんっ！　ああぁ……あっけなく、私の大切な場所を乱暴に扱って……んあっ、はんぅ……本当に……本当に……品がなさすぎて、めまいがしてしまいますのぉ……ああぁっ♥」

腕に収まるくらいの小さい体が、発火しているのが伝わってくる。

随分と反応良く、体は俺の愛撫を受け入れている。

「んくっ、んんぅ……ああ……なんて乱暴なのかしら……んんぅ……こんな夫の視線にさらされながら、されてしまうなんて、耐えられませんの……あうっ、んんぅっ！」

これは意訳すると、『もっと見て、むしろ見ながらシてっ！』と言っているのだろうが……少しは変化を加えないと、つまらないだろう。

「……ほう、そうか？　ならば見なくて済むようにしてやろうじゃないか」

「んんぅ……え？　あっ、で、でも別に見たいというのなら、しかたなく耐えても……」

「いいや。今日は後ろから……突くっ！」

「んやあぁんっ!?　んくっ、ふあああああぁぁぁあっ♥」

くるりとその場でノーチェを回転させると、腰を掴んで引き寄せ、すでにトロトロの膣口へ亀頭をねじ込んだ。

「んくっ、はうっ、んはあぁ……ふ、深いところまで一気に来ちゃってるぅ……あぐっ、んんぅ……め、目の前が白く、チカチカしてしまったじゃない……んんぅ……愛撫もがさつなら、挿入も乱暴で、本当にひどい夫……んんぅ……♥」

「ふふ、そうかもな。しかし相変わらず狭いが、もう膣内《なか》は喜びで震えてるじゃないか。よっぽど欲しかったようだな。この好きモノめ」

「ふなぁんっ!?　やっ、んんぅ……そ、そんなハズはないでしょう……んっ、んんぅ……大きいだけで大したことないちんぽなんて……入ってきただけじゃ、なにも感じないわ……んんぅ……」

そう言ってノーチェは振り返りながら、キッ！　と睨んで来る。

しかしそのお尻はゆっくりと円を描くように動き、まるで狭い膣壁で、俺の肉棒の感覚を密かに味わっているようだ。

「んんんぅ……はあっ、あぁぁ……ほ、本当にただ大きいだけの肉の棒よ……あんぅ……中で熱く食い込んじゃう……凶悪で……すご……くなんてないぃ……んんぅ……」

いや、もうこれは完全に味わっている。

「……今のはさすがに無理がありそうだが？」

「はあっ、あんぅ……な、なんのこと？　んんぅ……そんなことより、まさか入れただけで満足しているんじゃないでしょうね？　はあっ、んんぅ……もしかしてそのまま果ててしまったのかしら？　まあ、しかたないわよね。こんな粗末なモノでは、私の素晴らしいおまんこを屈服なんてできないでしょうから……」

「ほ、ほう……」

そして動いてほしくてたまらないらしい。

それはもう、とても激しく。

「では、その身で今からたっぷりと味わってもらおうかっ」

絶対に逃げられないように腕を掴む。

「んえっ!?　あっ、ちょっと……て、手が動かせな……あぁぁんっ♥」

そしてお尻の肉が音を立てるほど、思いっきり全力で腰を振った。

「あうっ、んんぅっ！　あっ、やんんぅ……あぁぁっ♥」

「おいおい。随分とすぐにいい声で鳴くじゃないか。感じているのか？」

「んはぁっ♥　あっ、んんっ……そんな雑魚ピストンじゃっ……んんんぅ……感じなっ、んあぁっ！」

「かわいい声をあげながら言っても、説得力ないぞっ」

俺はそう言いながら、腰を打ちつけていく。

「うっ……しかも、何だこの締めつけは。ちぎれるかと思ったぞ」

「んはっ♥　あうっ、んんんぅ……あっ、あぁぁっ！　ちょ、調子にのってつ、んんぅ！　はぅっ、んんぅ……こんなもので、私が簡単にイクとでも思っているのっ？　あくぅ……」

もっと激しくしてほしい、とばかりに煽ってくるノーチェ。

言葉とは裏腹に、おまんこは感じまくってひくついている。

「かなり水音が出てるけどな。で？　まだ足りないと？」

「あ、当たり前じゃない……あうっ、んんぅっ！　こんな、へこへこ腰振ってぇ……雑魚ちんぽでなんか、無理ぃ……んひぃんっ！」

激しさを求めてわざと煽ってきている。

そんな行動もまた愛おしい。

「はあっ、はんんぅ……ああっ、こんなゴツゴツの荒々しいだけの出入りなんて……なんとも、なんともぉ……んきゅぅんっ!?」

「ん？　おっ、これは……」

亀頭の先に熱く硬いものが当たってきた。

ノーチェの子宮口が落ちてきたらしい。

「ひあっ!?　くうぅぅんっ！　そ、それは卑怯すぎりゅぅっ！　んあっ、やあっ、ダメぇぇぇぇぇぇぇぇっ♥」

弓なりに背中を反らし、膣口を締めつけて彼女が絶頂した。

「あ、あぁぁ……な、なんてことぉ……こんな雑魚ピストンでぇ……んんぅ……私の体がこんなになっちゃうなんてぇ……♥」

言葉の割にはかなり嬉しそうに、まだ体を震わせている。

心はSだけど、体はドM。

ヘンタイ度合いで言ったら、妻の中では圧倒的にノーチェが一番だろう。

「まったく……こんな雑魚ピストンでよがり狂うなんて、とんだ、淫乱まんこだなっ！」

「んやあぁんっ!?　うなっ、ま、待って……まだイったばっかりだから……あっ、はぁぁんっ♥」

背筋をゾクゾクとさせ、膣口を締めつけてくる。

ものすごく喜んでいるみたいだ。

「んくっ、んんぅ……、ま、まったく、妻に対して、なんてことを言うのかしらぁ……あっ、ああっ♥　んんぅ……こ、こんな人を夫にしてぇ、私は、私はぁ……あっ、あぐぅ……」

「……もう一度、イっとけ。このメスガキめっ」

「きゃひぃぃんっ♥」

彼女の耳元で囁いて、そのまま子宮口を思いっきり小突く。

「んいっ、んきゅうぅ～～っ♥　んあっ、あぁぁっ！　私ぃっ、この人が夫でぇ……しゅあわせぇ～～っ♥」

ついに本音が出たノーチェが、大きな喘ぎ声で屈服する。

それと一緒に、俺ももう我慢出来ない。

「くうぅ……そら、出すぞ、ノーチェ。雑魚チンポの精子をたっぷり受け取って、しっかり孕んじまえっ！」

「あっ、ああっ、しゅごおおぉっ♥　出されりゅぅ……雑魚精子をぉ、子宮にいっぱい出されちゃううううっ！」

ドプンッ！　ドビュルッ、ビュルルッ、ドプンッ！

「んやああっ♥　またイきゅうううぅぅぅぅっ♥」

大きく全身をビクつかせ、熱い子宮口で吸いついてくるノーチェの奥に、たっぷりとすべてを流し込んだ。

「んはあぁ……あぁぁ……これぇ……じゅせーしゅたぁぁ……」

「いや、わかるものなのか？　まあでも、ものすごく満足してくれたってのはわかったがな。ヘンタイノーチェ」

「んはぁんっ!?　やんぅ……しょんなことないぃ……んんっ、んはぁ……ばかぁ……」

最後はもう子供のような罵りしか返せないほど、ノーチェはぐったりとしている。

しかしその口元は、とても嬉しそうに歪んでいた。

エピローグ　第七王子の幸福

「クレインが望むのならば、継承順位を上げて王宮内で重要な役職を与えるが、どうだ？」

長兄である王太子殿下に呼び出されたので何かと思えば、いきなりおかしなことを言い出した。

「どちらも望みません。望むつもりはございません」

不敬は承知で、俺は食い気味に答える。

「兄さ――いえ、今は王太子様とお呼びいたしますが、私は今の生活に何の不満もなく、変わることを望んではおりませんので」

「しかし、このままではクレインの子供たちは、王族として扱われることはなくなるぞ？」

「私はもともと第七王子ですし、継承順位を考えれば当然のことでしょう」

そもそも王族と呼ばれるのは、現王の子供、そして王太子の家族までだ。

つまり俺の子供は〝王族〟ではない。

もっとも、帝国の皇帝陛下の考え方次第で、ノーチェとの間の子供は皇族になる可能性はあるが。

「それを特別に許すと言ったら？」

「光栄ですが、辞退させていただきます」

「あくまでも、受ける気はないと？」

「はい。私の望みは妻たちと共に、のんびり楽しく生きていくことですので」

「……そうか」

俺の意思が固いことを理解したのか、苦笑と共に溜め息をついた。

「わかった。では、今後もお前のやりたいようにするといい」

「ありがとうございます」

兄上が認めてくれるのは嬉しい。

スラムの救済や、王国経済の発展。民衆からの陳情の解決といった方面でも、確かに最近は、様々な結果を出してしまっているが、それは俺の手柄ではない。俺は手伝っているだけなんだ。

そう、三人の素晴らしい妻たちのことを――。


妻たちと暮らす離宮に戻ってくると、やっと普通に息ができるようになった気がする。

表門から入ると、俺は裏の庭のほうへと回る。

そこには、予想していた相手――ロリエの姿があった。

「ロリエ、ただいま！」

「クレインさま、お帰りなさいませっ！」

パタパタと駆け寄ってくると、笑顔で出迎えてくれる。

「今は何をしていたのかな？」

「薬草の栽培方法と、使用方法をよりいっそう広めるために、薬師や庭師と、品種改良ということをしていました」

「品種改良？」

「はい。魔法で育成の補助をして、世代を重ねることで、望むような効果を持つ薬草を作り出せるそうです」

内容は知っているので、聞いたのはそちらじゃないんだけれどな……。

いまだに孤児やスラムの人たちを思うようには救えず、自分の無力を感じて、最近は落ちこんでいたからな。

こうして、笑顔で過ごせるようになって良かった。

「そっか。もしも夜の生活で役立つような薬草なんてのもあったら、それも試しに育ててみようか」

三人を同時に相手することも増え、体力と精力の限界を感じることも増えた。

飲めば少しがんばれるような、そんなものがもしもあるのならば――。

「クレインさまがお望みでしたら、そのような効果を持つ薬草もありますけど……」

「え？　本当にあるのか？」

「はい。クレインさまも興味があるようですし、薬師と相談して、わたしたちの力を込めて育成してみせます！」

「あれ……？」

なにか、ズレがあるような気が……。

「どうかなさいましたか？」

「いや、うん……楽しみにしている」

「ではさっそくですが、いま知られているものを集めて、今晩にでも試してみましょう。どれがもっとも効果があるのか知りたいですし、わたしも、もっと愛してもらいたいですので……」

顔を真っ赤にして、ごにょごにょと何かを呟いている。

「え？　あ？　う、うん。そうだな」

「そうと決まれば、すぐに用意をしなくてはいけませんねっ」

……やる気に満ちているのは良いことだ。

ロリエの研究が実を結べば、王国民の健康と、そして出産率の上昇も望めるようになるだろうし。

駆け足で立ち去るロリエを見送り、溜まっていた仕事の処理をするために、重い足取りで執務室へと向かった。


「あら、戻っていたんですの。おかえりなさい」

「ただいま、ノーチェ。いつも仕事を手伝ってもらってすまないな」

「気にすることはありませんわ。帝国ではできなかった政《まつりごと》に関われるのですから、とても楽しいですわ」

帝国でも、特例でもない限り、王女が政治に関わることはないという。

ノーチェはその辺りの能力も高いのに、女というだけで関われないことに忸怩《じくじ》たる想いを抱いていたようだ。

「それよりも、お義兄さまのお話とは、どのようなものでしたの？」

「ああ。なんだか仕事が一気に増えそうな話だったから、断わったよ」

「王太子殿下の提案をあっさりと拒否するだなんて……」

呆れたように溜め息をつく。

「まあ、クレインらしいとは思いますけれど、私の旦那様ならば、もう少しやる気を出してほしいものですわね」

「やる気かぁ……。それよりも、みんなとのんびり過ごしたいな」

「……まだ、夜には早いですわよ？」

顔をほんのりと赤くして、軽く睨んでくる。

そういう意味じゃなかったんだが……。

「そういえば、ロリエが夜の営みに効果のある薬草を集めてくれるそうだから、試してみようか」

俺はノーチェの耳元に口を寄せて囁くと、頬にキスをする。

「ひゃっ!?　仕事中に、何を言ってますのっ！」

「ごめんごめん。それじゃ、俺も少しがんばるよ」

俺の承認が必要な書類をまとめて手にすると、自分の執務机へとつく。

ノーチェとふたりで静かに、そして手早く執務をこなしていると、やや乱暴に扉をノックされる。

「この叩き方はシャフランですわね。どうぞ」

「失礼する！」

礼もそこそこに、シャフランが部屋に入ってくる。

「どうしたんだ、そんなに慌てて」

「クレイン殿！　義兄上に呼び出されたそうだな。何があったんだ？」

息を軽く弾ませているのは、急いで来てくれたからだろう。

「心配をかけたみたいだな。すまない。だが、みんなと仲良くしろというような話だったよ」

「そうか。ならばも何の問題もないな！」

にぱっとまっすぐに笑うシャフラン。彼女は満足し、納得した……と思ったのだが、そういうわけにはいかなかった。

「では、さっそくだが、ボクとクレイン殿が仲睦まじいところを皆に見てもらうとしよう」

がしっと俺の腕を掴む。

「嫌な予感がするのだけれど、それは――」

「もちろん、夫婦一緒に訓練だ。あ、狩りに出てもいいな！」

「シャフラン、そういうことはクレインの仕事が終わってからになさい」

「国を守るためにも、妻と共に狩りをするのも、夫の仕事だぞ？」

「今は書類仕事を終わらせることが先です。あなたもクレインの妻ならば、少しは手伝い――」

「ボクは外で訓練してくるよ！」

「もう……！」

すばらしい逃げ足で、シャフランは執務室を後にした。

「まあ、まあ。ふたりきりで過ごせると思えば、こういうのも悪くないだろ？」

「そういうことにしておきますわ」


仕事を終え、妻たちと食事をすませる。俺たちの生活は、ここからが本番——というか、長い。

「クレイン殿、身を清めてきたぞっ」

「シャフラン、気持ちはわかりますけれど、淑女らしくありませんわよ？」

「失礼します、クレインさま」

夜、寝室でのんびりとしていると、妻たちが揃ってやってくる。

「あれ？　ロリエも来たのか？　今日は、何もしない日だったはずだよな？」

「何を言ってるんだ、クレイン殿。ボクたちと仲睦まじい姿を知らしめるのだろう？」

「仕事の後にと言っていたじゃありませんの。なんのために早く終わらせたと思っていますの？」

「クレインさま、お嫌ですか？」

シャフランは笑顔で、ノーチェは唇をとがらせ、ロリエはしゅんと悲しげに。

三者三様の、愛する妻たちの誘いを断わったりはできない。

「そうだな。では、今晩は夫婦全員でするとしようか」

「あ、あの……クレインさま、薬草を煎じ、味を調えるために果物を混ぜたものです」

ロリエは、色が緑がかってどろりとした液体の入っているグラスを俺へと差し出す。

昼に話をしていた、精力増強の効果のある薬草だろうか。

「すっごく青臭くて、不味《まず》かったよ！」

「ロリエが作ったものでなければ、毒だと疑いそうな味でしたわ」

シャフランがけらけら笑い、そしてノーチェは顔を顰めている。

「みんな飲んだのか？」

「はい。ここへ来る前に飲んできました。味についてはたしかに、もう少し改良する必要はありますけれど――」

「その効果については保証いたします」

聖女らしく楚々とした雰囲気だったロリエが、今は艶やかな笑みを浮かべている。

「……では、俺も」

ロリエから受け取った薬草汁を一気に煽る。

鼻を抜ける青臭さと、舌の上に残るざらついた苦み。

「これは……独特な味だな」

「効果が出るまでは、少し時間がかかるそうです」

「そうか。では、その間はみんなでおしゃべりでもしていようか」

妻たちと触れ合うだけでなく、他愛のない話をする時間も好きだ。

「そういえば、ロリエ。この薬はお腹の子には影響はないのか？」

「はい、大丈夫です」

「そうか。それならいいんだ」

「でも、本当に子供がいるのかしら？　『聖女』の力はまだ消えていないのでしょう？」

ロリエは、おそらく子供を授かった。しかし、ノーチェの言うとおり、彼女は未だに『聖女』としての力を失わずにいる。

「……子供ができたら、次代の『聖女』の選別があるんだよな？」

「はい。本来は、そうなのですけれど……」

ロリエ自身も理由がわからないようで、小首を傾げている。

「ロリエが『聖女』のままでいるほうが、クレインの利益になるのでしょう？　別に構わないのではなくて？」

神王国とナジュース王国の関係から判断をするのならば、ノーチェの考えも間違いない。

「『聖女』であっても『聖女』でなくとも、ロリエもボクたちの仲間だということには変わりないしね」

シャフランはあまり深く考えてはいないようだ。

だが、そのまっすぐな考え方は、貴族を相手のやり取りに疲れてしまう俺にとっては、清涼剤のようなものだった。

「とりあえず、子供が生まれるまでは黙っておこう」

「そうね。情報の秘匿は私がしておきますわ。ふふっ、いつも上からものを言ってくる神王国の連中が、このことを知って右往左往する姿を想像すると、とても楽しいですわね」

「帝国には？」

「聖女をずっと独占する可能性があるなんて、本当のことを話したりしたら、戦争になるわよ？　クレインが望むなら、あなたが皇帝になれるように全力を尽くしますけれど……」

軽口のように言っているが、ここで頷いたらノーチェは本気でやりかねない。

「うん、望まない。だから平和にいこう」

「もし戦争になるのならば、獣人連合はクレインのために戦うよ。だから、何かあったら遠慮せずに言って」

「ありがとう。すごく心強いよ」

そうは言ったが、俺は王家や貴族から見向きもされない程度の存在で、気ままに暮らしていければそれでいいんだがなぁ……。

「でも『聖女』選定がいつまでも始まらなかったら、疑われるかな？」

「そうですね……。でも初代の『聖女』様から数代の間は、子供が生まれるまで『聖女』の移譲が起きなかったと聞いていますので……。あの……クレインさま。どうしたのですか、難しい顔をして」

「ああ、いや。もしも俺とロリエの子供が女だったとき、『聖女』になる可能性について考えていた」

「それって、ボクたちの子供の話？」

「ええ。ロリエの生む、私たちの最初の子のことですわ」

「そのまま『聖女』になると思うか？」

「わかりません」

ロリエはふるふると頭を左右に振る。

「ですが、生まれた娘が『聖女』であったとしても、本人が望まない限り、できるだけ普通に暮らしてほしいと思っています」

「俺も同じ気持ちだが……神王国が黙っていないだろうな」

「クレインが関わると、何事であっても面倒が増えるみたいですわね」

「そんなことを言われてもな……」

苦笑しながらも、俺はノーチェとシャフランが、ロリエの子を自然に自分の子だと考えてくれていることを嬉しく思っていた。

俺の方針もあって、誰の子供であっても三人のことを母として育てることになっている。

だから、ロリエが生んだ子も、ノーチェの子であり、シャフランの子だ。逆に、ふたりが生んだ子も、ロリエの子ということになる。

「たしか、異常が起こらずに『聖女』のまま子供を生むと、娘ならばそれが次代の『聖女』に、息子であってもまたその次の世代とかの孫娘で『聖女』となる可能が高いんだったな」

「でしたら、ロリエは初代の『聖女』様の再来、ということになりそうですわね」

「そんなことを知られたらますます、神王国が何を言い出すかわからないな」

神王国も初期の頃は、本来の『聖女』を擁し、その威光をたっぷりと使って大きくなってきたはず。

もしも本当に、ロリエがその初代の『聖女』と同じならば――。

神王国内に次の『聖女』が現れることは、この先、なくなるのだろうか？

「……特大の問題になりそうだ。今は隠して、子供が大きくなる前に対処するしかないな」

「でしたら、もうしばらくしたら、私が子供を身ごもって『聖女』の資格を失ったと宣言しましょう。そうすれば、大丈夫だと思います」

「……俺たちの子供が狙われることはないのか？」

「『聖女』が身ごもったら、国内の女性全てが神殿へ行くことになりますから。他国の――しかも、力を失った元孤児の『聖女』のことなど、相手にしている暇はなくなるはずです」

「それは……大仕事だな」

女だけと言っても、国民全てを『聖女』かどうか判別する必要があるというわけか。

「『聖女』は神王国で生まれるとされていますので、教会は国内だけで『聖女』を探すはずです」

「……もし見つからなかったら？」

「新しく生まれてくるのを待つことになるはずです。百年ほど『聖女』が不在の『暗闇の時代』もありましたし、おかしくはないでしょう」

「もし神託があったら？　俺たちの嘘がばれたら？」

神王国は年に一度、神官でもある国王が大神殿で祈りを捧げ、神託を受ける。

その影響は大きい。

「ここ数十年間、本当の神託はないそうです」

「やはりそうでしたのね。神王国に都合のいい神託ばかりが続くのでおかしいと思っていました。どこかに、神を騙《かた》っている愚か者がいるのね」

本来ならばすぐに次の『聖女』についての神託を受けると思っていただろう神王国にしてみれば、予想外のことになるだろうな。

すぐに新しい『聖女』を得られるからと追い出したのだろうし、ロリエの扱いは酷いものだった。

聖女に対する仕打ちを知られるわけにはいかないから、ロリエに敵対されるわけにもいかない。

神王国内にはまだまだ、困った人々に無償の愛を持って手を差し伸べた、慈悲深き聖女ロリエへの信仰を深める信者も少なくないからだ。

「まあ、神王国が真実に気付くまでは放っておきましょう」

「そうだね。それでいいと思う」

ノーチェとシャフランはあっさりと言う。

「そうだな。俺たちの幸せを邪魔してくるようなら考えよう」

「そうだねー。そのときは獣人連合も力を貸すよ……あ、そうだ！　言い忘れていたけど、次の盟主も狼族になるから」

「え……？　盟主は持ち回りでやるのではなかったのか？」

「そうだったんだけれど、ボクがクレイン殿と結婚をしたことで、ナジュース王国だけでなく、帝国や神王国内でも獣人が差別されることが減ったみたいなんだ」

「……ああ」

人は簡単には変わらない。だから、これは時間をかけていくしかない問題なのだが、少しでもよい影響があったのなら嬉しい。

「そんな顔しないでくれ。ボクを偏見なく受け入れてくれたクレイン殿には、感謝しているんだ」

「でも、それだけで狼族が盟主を続けることになるのか？」

「んー。ボクがクレイン殿の妻でいる間は、たぶんそうなるんじゃないかなー」

盟主の娘であるシャフランの言葉と、彼女の幸せそうな姿が、何よりも雄弁に両国の新しい形と繋がりを物語っている――ということになったようだ。

人以下だとか、まざりものだと蔑む人間もいる獣人たちを、武威だけでなく、その心でつなぎ止めたことで、連合内――特に狼族そのものから厚い支持を得ることになった。

「……うん。できるだけ穏便に、仲良く、平和に、のんびりとやっていこう」

「ははは、クレイン殿らしいね。まあ、ボクもたまに冒険に出られるなら、それで十分だよ」

「わかってる。俺もできるだけ付き合おう」

「子供が大きくなってからですわね」

「そうだねー。あ、でも、その頃は、ボクとノーチェも孕んでいるかも？　そうなったら、しばらくは諦めるかぁ……」

「訓練ならいくらでも付き合うから、そこは諦めてくれ」

「さすがクレイン殿！」

シャフランは、ぱあっと顔を輝かせている。

……しばらくは、夜の生活だけでなく、訓練の相手もすることになりそうだな。

「ロリエと、シャフランの話はこれくらいか。まさか、ノーチェも何かあるとは言わないよな？」

「私？　特にありませんわね……ああ、ですが親善大使に同行していた、元取り巻きのあの娘のその後についてなら、少し話ができますわよ？」

「へえ、どうなったんだ？」

「消えましたわ」

「……うん？」

「だから、貴族から消えたの」

「そ、そうか。彼女が？」

「ふふっ、何を言ってるの。一族郎党に決まってるじゃない」

くすくすと楽しげに笑っている。

「ええと、皆殺し？」

思わず怖い想像をしてしまう。

「私が、あそこまでされて、そんな簡単に許すわけないことくらい、わかっていますわよね？」

「何をしたんだ？」

「平民の苦労を身をもって体験しているはずですわ。とはいえ、うまく開拓できれば、貴族に戻れるんじゃないかしら？　……三代くらいかかるかもしれないけれど」

「……そうか。さすがノーチェだな」

「今なら、私の夫として帝国に乗り込んで結果を出せば、公爵位を得て成り上がることもできますわよ？」

帝国の公爵ともなれば、ナジュース王国の国王以上の生活も望めるだろう。

「いや、そんな地位を得ても、持て余すだけだよ」

「では、狼族から選りすぐりの戦士を選び、国内外のダンジョンを踏破していくのはどう？」

「楽しそうではあるけれど、みんなと一緒に過ごす時間が減るのは嫌だなぁ」

「わたしは……あ」

ロリエは、ブルブルっと全身を震わせた。

「どうしたんだ？」

「はあ、はあ……んっ♥　あ……クレインさま、そろそろ、効果はどうでしょうか？」

「効果……？」

「んっ♥　は……わかった。ロリエも、こうなってるんだ？」

ロリエに続き、シャフランが熱っぽい吐息をこぼし、その顔をとろりと緩ませる。

「アソコがうずうずしてきて、ん……クレインに、してほしいよ……♥」

「はあ、はあ……あ、は♥　こんなに、効果がありますの？　んんっ♥」

ノーチェも、もぞもぞと膝を摺り合わている。

「ん♥　体が熱くなって……今すぐ、クレインのものを入れてもかまいませんわよ？」

三人揃って、すっかりと女の顔となっている。

「いや、俺は特に――う、あ……!?」

下腹部が熱を持ち、一気にペニスが硬く反り返る。腰の奥から湧き上がるような衝動が、全身を満たしていく。

「……たしかに、これはすごいな」

「ボクたちが今、どんな気持ちなのか、わかるでしょう？」

「クレインさま……」

三人は身に着けていた服を脱ぎ、ベッドに横たわると、濡れた瞳を向けてくる。

「ん……こうして、皆さんと共にクレインさまのお相手をすることに慣れたとはいえ、やはり少し恥ずかしいですね」

「ボクはみんな一緒にできるのは、楽しいと思うけど」

「私も、悪い夫に染められてしまったので、三人そろってクレインとするのは嫌いではありませんわ」

ロリエも、シャフランも、ノーチェも、それぞれが魅力的で、こうして一緒にいると、それがより際だって感じられる。

「あぁ……クレイン殿、んっ……」

我慢できないとばかりに、シャフランは尻尾を揺らしながら、足を大きく開いて見せる。彼女の花園はもう蜜を溢れさせていた。

「私たちを満足させてくださいますわよね、旦那さま？」

挑発的な口調とは裏腹に、物欲しそうな目をペニスへ向けたまま、ノーチェもはしたなく足を開く。

小ぶりの秘裂はすでに綻《ほころ》び、待ちきれないとばかりに愛液をこぼしている。

「クレインさま、わたしも、んっ、クレインさまのおちんちんを挿れてほしいです……♥」

ロリエはそう言うと、自らの手でおまんこを広げてくる。

『聖女』の淫らなおねだりに、俺の興奮は増していった。

三人の美女たちの媚態と薬の効果に、チンポはこれ以上ないくらいに張り詰めている。

今すぐにでも飛びつきたい気持ちを抑え込みながら、俺は三人に尋ねた。

「……今日は、誰からにしようか」

「ロリエかな」

「ロリエですわね」

シャフランとノーチェが、ほとんど同時に答える。

「あ、あの……わたしでよいのですか？」

「ええ。だって、もうしばらくしたら、ロリエはこうして私たちと一緒にできなくなるのでしょう？」

妊娠後はしばらくの間、性行為はあまりしないほうが良い。

「ふたりの気遣いを無駄にしないためにも……今日は、ロリエからにしよう」

そう告げると、俺はロリエとキスをする。

「んっ、はむ、ちゅ……クレインさま……んっ♥　んふっ♥」

「あ、でも、ボクもキスしてほしいな」

甘えるように言うと、シャフランが顔を寄せてくる。

ロリエとのキスの合間に、シャフランともキスを交わす。

「ちゅむ、ちゅ、ぴちゃ、ぴちゅ、れろっ」

シャフランは、キスをしながら互いの顔を舐めるのが好きだ。

「私のこと、蔑《ないがし》ろにするつもりですの？」

「そんなわけないだろ？」

軽く唇をとがらせ、拗ねたように聞いてくるノーチェとキスをする。

「ん、んふっ!?　ん、じゅるっ、ごく、こく……んっ♥　ごく……んふぁ……」

唇を割り開くようにやや強引に舌を差し入れると、とろとろと唾液を流しこむ。

彼女は少し強引に、そして意地悪な感じにされるのが好きだ。

三人と代わる代わるキスを交わし、口元を舐め合い、舌を絡ませる。

そうしながらも、ロリエの胸を優しく愛撫する。

もにゅもにゅと手の平一杯で揉みしだくと、指の間から乳肉が溢れて、こぼれてしまいそうなくらいに柔らかだ。

十分に胸の感触を堪能してから、股間へと手を這わせると、おもらしをしているかのように濡れていた。

「んっ、あああぁ……♥　クレインさまぁ……」

割れ目を擦り、膣口を刺激するようにつぷつぷと指を出し入れすると、ロリエが切なげに喘ぎながら腰をくねらせる。

もう、十分だろう。それに、俺も我慢できない。

挿入していた指を引き抜くと、白っぽい淫液が糸を引いて滴る。

「ロリエ……するぞ」

先ほどの薬草汁のせいか、ペニスは痛いほどに張り詰め、ヘソに反り返るほど勃起している。

まだ薄桃色の割れ目を押し広げながら、ロリエの体内へと入っていく。

「あ、あ……クレインさまの、いつもより……おっきいです……んんっ♥」

どうやら、ペニスが張り詰めているように感じていたのは、俺の気のせいではなかったようだ。

十分に濡れているのに、ロリエの膣道はいつもより狭く、キツく感じる。

亀頭が膣奥に当たったところで、今度はゆっくりと引き出していく。

「んっ♥　んんぅ……あ、は……いつもより、感じて……あ、は……♥」

薬の効果もあるのか、ロリエは普段以上に敏感に反応し、快感を得て昂ぶっていく。

「ロリエ、とっても淫らな顔をしていますわよ」

「うん、そんなふうになっているロリエも、可愛いね」

俺の代わりとばかりに、ノーチェがロリエの胸を、シャフランが足や腹の辺りを優しくなで擦っている。

「あ、わ、わたしだけ……こんなに……んっ♥　あ、あっ、シャフランさま、ノーチェさま、そんなにされると……あああっ♥」

「いいんだ。ほら、もっと気持ち良くなった顔を見せて？」

「ふふっ、ロリエもこうされると、感じますでしょう？」

シャフランがロリエの頬から首筋を舐め、乳房を優しく刺激する。

ノーチェは反対側の耳タブを唇で甘噛みしつつ、乳首を摘まんで引っぱったりと、自分好みの愛撫をしている。

両脇からふたりに責められ、そして俺と深く繋がっているロリエは、みるみる快感に蕩けていく。

「あっ♥　んあっ♥　だめ、ですぅ……クレインさまっ、わたし、わたし……もう、イキそ……イキ、ます……！」

瞳の焦点の甘くほどけ、口の端から涎をこぼす。

体を気遣い、動きこそゆっくりだが、しっかりと感じさせていく。

びくんっ、びくんっと、体を大きく波打たせ、ロリエは絶頂へと向かって昂ぶっていく。

「ロリエ、好きなときにイッていいぞっ」

ぱちゅっ、ぱちゅ、ちゅぶっ、ちゅぐっ。

ロリエのおまんこの中をチンポが優しく出入りするたびに、愛液が白く泡立ち、粘つく糸を幾筋も引く。

「はっ、はああっ、あ、は……ん、いっ！　も、もう……い、いきます……あっ♥　あっ♥」

「いいですわ。ロリエのイキ顔を晒して見せてちょうだい」

ノーチェは乳首を摘まんで、ぎゅうっと引き上げる。

「ロリエ、イッちゃえ」

シャフランがロリエのクリトリスを押し込み、小刻みに震わせる。

どちらも俺がふたりにしたことのある愛撫のやり方だ。

無意識に、俺にされたことをロリエにしているのだろう。

「ふあっ♥　ふああっ♥　あ、は…………んあああああああああああああああああああっ!!」

ひと際大きな喘ぎ声と共に、ロリエは背中を弓なりに反らし、しばらくブルブルとその体を震わせていた。

……あっさり達したようだが、いつもよりも深く絶頂しているようだ。

快感の波が引くのに合わせ、ロリエは脱力してベッドに体を預ける。

「はあっ、はう……♥　あ、は……しゅご、かったです……んんぅ……あ、は……」

「ん……ロリエ、すごく気持ち良さそうだね……」

「ええ。羨ましいくらいですわ」

絶頂の余韻を味わっているロリエの姿を見て、ふたりはその目を熱っぽく潤ませ、俺へと向ける。

「次はどっちに……いや、シャフランにしようか」

「な、なぜですのっ!?」

自分が後回しにされたノーチェが抗議の声をあげる。

「ノーチェは俺とシャフランがセックスをするところを、そこで見ていろ」

あえて強めの言葉――命令口調で彼女に告げる。

「あ……」

ノーチェはゾクゾクとその体を震わせる。

「……いいの？」

「いいんだよ。ノーチェだってそのほうが興奮するだろ？」

「そ、そんなことは……」

「あるだろう？　それとも、シャフランとする間、ノーチェも手伝うほうがいいか？」

「え、ええ、妻同士ですし？　クレインが手伝えというのでしたら、しかたないのでしてもよいですわ」

前にも、ノーチェはシャフランを責めていたことがある。

俺とのときは受けるほうが好きだが、シャフランが相手のときは逆になるようだ。

「では、手伝ってくれ」

「え？　あ、あの、クレイン殿？　ボクはできれば――」

「いいですわよね、シャフラン？」

「……う、うん。お手柔らかに……」

戦いとなると勇敢だが、夜の生活ではノーチェのほうに分があるようだ。

そんなギャップも可愛らしい。

手を伸ばし、頭に手を置き、髪と一緒に耳をわしゃわしゃと撫でる。

「わっ、あっ、クレイン殿……？」

「ノーチェ」

「わかっていますわ」

俺の意を汲んで、ノーチェはシャフランの後ろに回ると、その豊かな胸を持ち上げる。

「ひゃ……んっ」

「ロリエといい、シャフランといい、大きいですわね……」

「ノーチェくらいのサイズも好きだぞ？」

「クレインの趣味の問題ではありませんわ。私も別に小さいわけではありませんのに……」

話をしながらも、ノーチェはシャフランのおっぱいを小さな手で　揉み、捏ね回している。

「んっ、あ……ん、ふっ♥」

ふたりの絡みをもう少し見ていたいところだが……ノーチェが何をしてますの？　という目を向けてくる。

彼女に頷いて応えると、シャフランの股間に触れる。

すっかり充血してぷっくりと膨らんだ陰唇をひと撫でし、ヒクついている膣口へいきなり指を挿入する。

「んうっ!?　あっ♥　あうっ！　ク、クレイン殿……？」

シャフランは戸惑ったような声をあげ、腰を引こうとするが、ノーチェがそれを許さない。

「薬のせいか？　ロリエもそうだったけれど、シャフランもおまんこ、ぐちょぐちょになっているじゃないか」

一本からすぐに二本へ。そして、三本に。さすがにこうすると、膣に入れるにはややキツく、動かすときに抵抗もある。

「うっ、んんっ、あ、あっ♥　は……クレイン殿、ゆっくり……そんなに、されたら……んんっ」

「痛いか？」

「はあ、はあ……ちが、違うんだ……そんなにされたら、すぐに、イってしまいそうで……」

恥ずかしげに顔を背けながら、消え入りそうな声で言う。

「気にしなくていい。今晩は、何度だってできそうだしな」

まだ一度も射精していないのもあって、ペニスは痛いくらいにガチガチだ。

これならば、何度でも三人の相手が務まるだろう。

「そ、そうか……だったら……もう、してほしい。ロリエとしているのを見ているときから、ずっと……ここが、おまんこが疼いていたんだ」

「あら、素直ですわね。クレイン、シャフランも孕ませてあげるといいですわ」

「……クレインの子供……」

シャフランはとろりとした笑みを浮かべる。

「ほしい……ボクも、クレインの子供、産みたい……」

熱に浮かされたように言うと、シャフランは自ら俺のものを迎え入れるように、足をさらに大きく開いた。

「……シャフラン、俺の子を産んでくれ」

そう告げると同時に、俺はシャフランの膣奥深くへと、一気にチンポを突き入れた。

「んっ、くううううぅぁああっ！」

軽く達したのだろう。しかし、膣はチンポを離さないとばかりに吸いつき、絡みついてくる。

抵抗を増したシャフランのおまんこの中を、激しく擦りあげる。

「あっ♥　んうっ♥　あっ、あっ♥

シャフランに挿入して腰を前後させる。俺の動きを邪魔しないように、ノーチェは彼女のクリトリスをリズムをつけて撫であげる。

ロリエを責めるときにシャフランがしているのを見ていたのだろう。そして、彼女が自分でされるのが好きだということも知っているに違いない。

「あっあっ♥　んあああっ♥　それ、そこっ、気持ちいいよ……クレイン殿……んあぁあっ♥」

びくびくとノーチェが体を震わせ、だらしなく口元を緩める。

「あ、ああ、うっ、クレイン殿、ボク……ボクぅ……あっ♥　もうっ、イクっ」

彼女の弱い場所が擦れるように、腰を使う。

シャフランは耳と尻尾をひっきりなしに動かし、喘ぎ声が切羽詰まってきた。

「んあっ♥　ああぁぁっ♥　あ……！　い、いいよ……ううん……ほしい……出して、中に、全部……出してぇ……！」

「いいわ。シャフラン、ほら、もう……イってしまいなさい……はぁむ、ちゅ……ちゅむ、ちゅむうっ」

ノーチェは口を開いて乳首に吸いつくと、音を立てて吸いあげる。

「あっ、あっ♥　も、もうっ、ボク……！」

ノーチェは手を伸ばして、シャフランの耳や胸を愛撫する。

「んああっ♥　あ、はぁぁっ♥　ああっ」

自ら腰を持ち上げ、左右に、そして上下に揺らす。

チンポが出入りするたびに、結合部から愛液が糸を引いてしたたり、淫音が響く。

「い、くぅ……あ、あっ、ノーチェ、ボク、先に……んんっ、クレイン殿、もう、もうっ」

シャフランは全身を震わせながら、絶頂へと向かっていく。

「イっていいぞ、シャフラン……俺も、出るっ」

「うん、うんっ、だして……ボクのおまんこ、精液でいっぱいにして……孕ませてぇっ♥」

シャフランは俺の腰に足を絡めると、ぐっと締めつけてくる。

腰と腰が密着し、膣奥がチンポに吸いついてくるようで――。

「く、ううぅっ!!」

びゅううううっ!!　びゅるっ！

吹き上がるような勢いで、シャフランの中へと全てを放出する。

「ああーーーーっ！　あ、出て……ん、ああああああああああああああああっ!!」

俺の射精を受け止め、シャフランが達する。

精液を一滴たりともこぼさないとばかりに、おまんこがうねり、チンポをぎゅうぎゅうと締めつけてくる。

痛いくらいの刺激を受けながら、俺はゆっくりと腰を前後に動かし続けた。

「あ、は………ああ、ああぁ……ん、ふ………はあぁ……これなら、きっと、クレインの赤ちゃん……できたね……」

下腹部に手を添え、満足げに呟く。

「ふふっ、淫らでとても可愛らしいですわね。ロリエさんと一緒に、しばらくゆっくりしているといいですわ」

シャフランにそう告げると、ノーチェは俺を見つめてくる。

「……今度は、私の相手をしてもらいますわよ？」

ノーチェはシャフランの膣内からずるっと抜けたチンポを握る。

「う……」

射精をしたばかりだというのに、まったく硬度を失っていない。

「ふふっ、ロリエとシャフランの、ふたりの淫らな匂いをこんなにさせて……」

ノーチェは躊躇いなくペニスにキスをし、舌を這わせてくる。

「ん、れろ……ぴちゅ、ちゅ……」

熱心に舌を使い、淫らに音を立てて体液を舐めとっていく。

「そんなにしてほしいのか？」

「してほしいですわ。ふたりとも、とっても気持ち良さそうで……私にも、同じようにしてほしいんですの」

ノーチェが素直にねだる。普通にしているように見えたけれど、我慢の限界だったのかもしれない。

「もう、いいですわよね……？」

誰に言うともなく呟くと、ノーチェはチンポを自分のおまんこに擦りつける。

「はあ、はあ、んっ♥　あ、は……ください……クレイン、はやく、これを私の膣内に……」

ロリエとシャフランとするときには手伝ってくれたのだ。普段のように焦らしたりすることもなく、挿入していく。

「は♥　あ、あああぁ……んんんっ♥

繋がっただけで、ノーチェは気持ち良さそうに目を細め、深い吐息をこぼす。

この感じだと、ノーチェもあまりかからずにイキそうだな。

いつものように、少しばかり意地の悪い言葉を囁き、痛みに近いくらいの激しい愛撫をする必要もなさそうだ。

いや、それどころか……。

「可愛いぞ、ノーチェ。愛してる」

「え？　な、なにをいきなり……んんんっ♥」

優しく抱き締め、甘い言葉を囁くだけで、ノーチェはブルブルと体を震わせる。

どうやらこれだけでも十分な刺激のようだ。

腰をゆったりと使い、ノーチェの中を行き来しながら、耳たぶを甘噛みし、額や鼻先、頬へとキスをする。

「あ、あっ、こんなの……クレインらしくありませんわ……こんな、あっ、優しくされると……あ、は……」

否定的なことを言いながらも、ノーチェはみるみる昂ぶっていくのがわかる。

「たまにはこうして、普通の夫婦のように愛し合うのも良いだろう？」

胸に手を這わせ、膨らみを優しくなで、乳首を指でくにくにと擦る。

「は、あぁああ……♥　んっ、もっと、強く、したり……ひっぱたり、しないんですの……？」

「そうしてほしいのなら、するぞ？」

「そ、それは……んっ」

少しだけ強引に唇を重ね、初めてのときのように、けれども優しく、ノーチェの体をベッドに押しつける。

そうしながら、ゆっくり、ゆっくりとペニスの出し入れをくり返す。

「んっ♥　んんっ♥　んふっ、はあっ！　ん、あ……こんな、こんな……されたら、私、私……あ、ああ♥」

「ノーチェ、好きなときにイっていいだぞ？」

乳首を優しく撫で回し、くり返しキスをしながら、どこまでもゆっくりと腰を使う。

「んっ、んっ、あ♥　もっと、もっとクレインのこと……感じていたいのにぃ……んっ、ああっ♥

こんな、されたら……いくっ、私、私……い、いってしまいますわっ」

「いいぞ、ノーチェ」

「ま、だ……まだですのっ。クレイン……私も……私も、あなたの子供がほしい、ですわ……です
から、んっ、クレインがイクまで、私は……んっ♥　んああっ♥」

唇を引き結び、目をぎゅっと閉じている。

「そうか……だったら、あと少しだけ、我慢できるか？　俺も、そろそろ出そうだ……！」

ゆっくりと前後していた腰の動きを速めていく。

「はっ♥　はっ♥　おねが……もう、がまん、できませんの……限界……ですのっ、だして、だし
て……はやく、はやく、射精を……！」

がくがくと全身を震わせながら、ノーチェが訴える。

「ノーチェ、ノーチェ！」

「く、う、あ、あああっ！」

ノーチェは目の端からボロボロと涙をこぼし、ぱくぱくと口の閉じ開きをくり返す。

絶頂に至るような快感をすでに得ているはず。それでもノーチェは、俺が達するまではと、必死
に抗っているのだろう。

「いくぞ、ノーチェ！」

ペニスが出入りしている場所の上、ぷっくりと膨らんでいるクリトリスを摘まむ。

「ひぅっ!?」

絞るように膣がうねる。ここで――――！

「ノーチェ!!」

びゅっるるうっ！　どぴゅっ、びゅっるるるるっ!!

「あぁあっ！　ああああああああああああああああっ!!」

俺が射精するとともに、ノーチェが悲鳴じみた声をあげ、達した。

全身が痙攣し、びくびくと体が跳ね踊っている。焦点を失った瞳は、小刻みに揺れ、口の端からはだらしなく涎が流れていた。

……これで、全員か。

ベッドに座り込み、荒くなった呼吸を整える。疲れはあるが、たいしたことはない。

それよりも――。

立て続けに射精したというのに、まだ硬度を失わないペニスを見おろす。

もっとしたい……湧き上がる衝動が、体の中で熱く渦巻いているのを感じる。

「ん、はあ……。あの、クレインさま……」

俺のチンポを見て、ロリエはもじもじと膝を摺り合わせ、切なげな眼差しを向けてくる。

彼女も俺と同じように感じているのだろうか。

「もう一度、したいのか？」

「……はい、してほしいです」

羞恥に顔を染めながらも、ロリエがねだってくる。

「んー、じゃあ、ボクの相手もお願いしようかな？」

「シャフランもか？」

さすがの体力だ。ロリエよりも早く回復をしたようだ。

「まさか、私のことをお忘れになってはいませんわよね？」

絶頂したばかりで、まだぐったりとしているノーチェも、終わらせるつもりはなさそうだ。

これは、全員をさらに満足させるまで解放されそうもない。

「もちろん、何度だって、三人が望むかぎり相手をするつもりだ」


「はあ、はあ、はあ……」

どれくらいの時間が過ぎたのだろうか。

窓から見える空は黄金色に輝きながら、明るさを増してくる。

——夜明けか。

三人それぞれが満足するまで、俺も幾度も絶頂を迎えた。

やっと満たされたらしい妻たちは、ベッドの上で並んで気持ち良さそうに寝息を立てている。

不慣れだった頃はともかく、今は三人とも積極的で、そして情熱的だ。

今晩も、ロリエの用意してくれた薬があったから良かったけれど、あれがなかったら俺のほうが先に沈んでいただろう。

「ふう……」

気持ち良さそうに眠っている三人の妻たちの、乱れた髪を指先で整え、頬を撫でる。

少しばかり大変なこともあるけれど、彼女たちとのんびりと、そして楽しく過ごす。

そんな俺の夢は、なんとか無事に守れそうだった。

波乱はいらない。問題は起きないほうがいい。

穏やかで優しい日々が、これからも続いていくはず。

……続いて、いくよな？

俺の心のなかに、ちょっとした不安が生まれていた。

「クレイン、海洋国家ン・バーグから、第四婦人をとの――」

あとがき

みなさま、こんにちは。もしくははじめまして。赤川ミカミです。


今作では、政略結婚をテーマに、素敵な愛妻たちを書かせていただきました。

夫婦生活に憧れはありますが、妻が三人ともなると、どうなのでしょうね。

こんなふうに皆が仲良く愛し合ってくれるなら、すばらしいです。

クレインのようにたくさんの気遣いをしつつも、そのぶんもっとたくさんの気持ちを返して貰えるなら、とっても幸せですね。

王族や貴族の世界を舞台にしていますが、どの妻たちも素敵な女性になるように頑張りました。

ロリエの優しさ、シャフランの快活さ、ノーチェの実直な愛情を、ぜひお楽しみ下さい。

ハーレム作品らしく、複数でのエッチなシーンも多めとなっております！


それでは、謝辞を。


今作もお付き合いいただいた担当様。

いつもありがとうございます。またこうして本を出していただけて嬉しく思います。

文庫のお仕事も楽しいですが、やはりキングノベルスのようなサイズは、達成感があってやりがいがありますね。発売日の書店でも、いつも楽しくなってしまいます。

もっともっと、たくさん書けるようにと思っています。

そして、拙作のイラストを担当していただいた「黄ばんだごはん」様。

素敵な表紙をありがとうございます！　タイトルが「政略結婚」と、ややお堅くなっておりましたが、みごとに「ハーレム！」感を出していただき、感無量です。

ロリエもシャフランもノーチェも、設定より何倍も魅力的にしていただけました。心から感謝いたします。

最後にこの作品を読んでくれた方々。過去作から追いかけてくれた方、今回初めて出会った方……ありがとうございます！

これからも頑張っていきますので、応援よろしくお願いします。

それではまた、次回作でお会い出来ればと思います！

二〇二一年三月　赤川ミカミ

キングノベルス

第《だい》七《なな》王子《おうじ》、政略結婚《せいりゃくけっこん》しまくってたら ハーレムできました！

2021年 4月30日　初版第1刷 発行

■著　　者　　赤川ミカミ
■イラスト　　黄ばんだごはん

発行人：久保田裕
発行元：株式会社パラダイム
〒166-0004
東京都杉並区阿佐谷南1-36-4
三幸ビル4A
TEL 03-5306-6921
印刷所：中央精版印刷株式会社

KN088

パーティーをクビになったけど
最強スキル『爆速レベルアップ』で
成り上がり無双!
俺に湧き出た新たなスキル!
勝利一瞬!!
ハーレム永遠♥
赤川ミカミ
Mikami Akagawa
illust:218
グロムはそれなりに優秀な錬金術士だったが、仲間からは無用扱いされていた。パーティーをぬけ、商売に徹することにした途端、新たなスキルで急成長を遂げる。理解者だった女商人や、優しい女神官、貴族の令嬢たちの美女に囲また新生活は、一転して大成功で!?

庶民魔王は
隠しきれない
実力者!
絶対無敵の仕事より、
きっと楽しい!?
ハーレム生活♥
大石ねがい
Negai Ooishi
illust: 黄ばんだごはん
最強魔王グレンはその地位を引退し、人族との和平の象徴でもある新しい街に引っ越した。庶民として生きるため、正体は隠すつもりだが一般常識はない。姫やエルフに囲まれながら突飛な活躍を見せる彼なのに、住民たちからは慕われて!?